Robert Klement

Warte
bis die Nacht anbricht

G&G

Von Rober Klement im G&G Verlag erschienen:

Die Ruine des Schreckens, ISBN 978-3-7074-1104-1

www.ggverlag.at

ISBN 978-3-7074-1493-6

In der aktuell gültigen Rechtschreibung

1. Auflage 2013

Umschlagillustration und -gestaltung: Claudia Engelen

Gesamtherstellung: Imprint, Ljubljana

Das Schicksal von Kitty Jay ist nicht erfunden.
Der Autor hat sich in Südengland auf Spurensuche begeben
und ihr Grab im Dorf Manaton entdeckt.
Ihr kurzes Leben in Dartmoor sollte nicht vergessen werden.

Die Tote im Moor

SARAHS Blicke schweiften über die Heidelandschaft.
„Wir sollten hier zu graben beginnen", meinte sie zu ihrem
Bruder.

Gemeinsam mit Charles arbeitete sie in der Nähe ihres
Heimatdorfes Oakhampton. Die beiden stachen Torfstücke
mit dem Spaten aus dem Boden. Es war Zeit, Vorkehrungen
für den kommenden Winter zu treffen. Zum Glück gab es
hier ausgezeichnetes Brennmaterial in Hülle und Fülle: den
bröckeligen, weichen Torf. Die beiden Jugendlichen konnten
sicher sein, dass das Haus ihrer Eltern den ganzen Winter
über angenehm warm bleiben würde …

Einsam war es hier, in einiger Entfernung konnten sie zwei
hohe Granithügel und einige Ponys erkennen, die im Moor
grasten. Dieser Nachmittag im Oktober war windig, aber
sonnig warm. Charles kam beim Graben gut voran – plötzlich stieß sein Spaten auf Widerstand.

„Komm schnell her, da ist etwas, ich kann nicht sehen,
was es ist!", rief er aufgeregt nach seiner Schwester.

Sie räumten den dunkelbraunen Torf vorsichtig mit den
Händen beiseite – da sahen sie einen Fuß und eine Schulter.
Kein Zweifel, sie hatten eine Moorleiche gefunden. Hier lag
die verkrümmte Gestalt eines Menschen.

Die beiden Jugendlichen erschraken. Hatte sich hier ein Wanderer im Moor verirrt? Oder handelte es sich um ein Mordopfer?

„Am besten, wir rühren hier nichts mehr an und gehen zur Polizei", meinte Sarah. Doch ihr Bruder grub weiter. Die Neugierde trieb ihn an, die Leiche faszinierte ihn auf merkwürdige Weise. Fuß und Schulter waren unversehrt, aber dunkelbraun wie der Torfboden ringsum, der die Haut gefärbt hatte. Als Charles behutsam noch mehr Torf entfernte, kam ein gebeugtes Haupt zum Vorschein.

Gegen Abend, im schwächer werdenden Licht, konnten sie die Gestalt einer jungen Frau erkennen. Sie hatte langes Haar und leichte Stirnfurchen über den Augenbrauen. Zusammengekauert, die Beine unterm Leib, die Arme angewinkelt, lag sie wie schlafend auf der Seite, die Finger in einer Haltung, als hielten sie einen unsichtbaren Stab. Die Augen waren geschlossen, der Mund ein wenig verzerrt, als ärgerte sie sich über die unvermittelte Störung ihrer Ruhe. Chemische Substanzen im Moorboden hatten ihre Haut buchstäblich gegerbt und so sah man jede Pore, jedes Fältchen.

Dieses Gesicht faszinierte durch seine Lebendigkeit. Man hatte sogar den Eindruck, das Blut pulsierte noch in den Adern. Es schien, als brauchte sie nur die Augen zu öffnen und zu erzählen!

Wenig später kamen mit der Polizei auch die Eltern, Nachbarn und Freunde der beiden Geschwister. Der Anblick des Gesichts rührte viele zu Tränen. Der Wind trieb das Laub der nahen Obstgärten über das Moor und ein Blatt blieb auf dem Mund der Toten liegen. Es war wie ein zarter Kuss vom Himmel. Alle bewegte allein die eine Frage: Wie und warum musste dieses Mädchen sterben?

1

Aᴍ späten Nachmittag schien sich plötzlich ein Schleier über die Welt zu legen. Eben noch hatte die Sonne Heidekraut, Ginsterbüsche und Gras in rötlichen Glanz getaucht, da zogen unvermittelt Schwaden von Nebel auf. Sie krochen über das Moor und hüllten alles wie von Geisterhand in fahles Grau.

Simon spähte durch den Dunst. Wo waren die anderen? Gerade noch hatte er ihre bunten Jacken und Rucksäcke gesehen. Sie konnten ihn doch hier nicht einfach zurücklassen. Sicher, er hatte etwas gebummelt, war mehrmals aufgefordert worden, schneller zu gehen.

Immer wieder merkte er, dass seine Füße in die weiche Decke des Sumpfgrases einzusinken drohten. Simon wusste, dass das Moor schon vielen Wanderern zum Verhängnis geworden war. Er tastete nach seinem Handy, doch gleichzeitig fiel ihm ein, dass der Pfadfinderführer am Morgen alle Mobiltelefone seiner Gruppe eingesammelt hatte. Nichts sollte das Naturerlebnis im Moor stören …

Bald war klar, dass er in dem wirbelnden Grau, in dem die Sonne bloß noch als milchige Scheibe zu erkennen war, jede Orientierung verloren hatte. Simon fühlte, wie die Angst in ihm hochkroch. Da war es plötzlich, dieses heiße Kribbeln, das aus der Magengrube kommt und Panik ankündigt. Fast wäre er Hals über Kopf davongerannt, ganz gleich, wohin. Doch im letzten Moment riss er sich zusammen. Hastig griff er zur Taschenlampe, vielleicht konnte jemand seine Blinksignale erkennen.

Dann wartete er, bis sich der Wind einen Moment gelegt hatte und stieß einen Schrei aus. Er hallte gespenstisch durch den Dunst und verstärkte nur sein Gefühl der Verlorenheit. Sofort holte er keuchend Luft für einen neuen Hilferuf. Es war ein lang gezogener Schrei voller Verzweiflung und Todesangst. Dann horchte er angespannt in das wirbelnde Weiß.

Er spürte Regentropfen, die wie kleine Nadeln in die Haut stachen. Die Kälte schüttelte ihn, seine Zähne klapperten. Er stolperte durch eine unheimliche Landschaft, in der Himmel und Erde miteinander verschmolzen. Seine Beine waren weich und kraftlos, die Knie zitterten so heftig, dass er kaum das Gleichgewicht halten konnte.

War dort nicht ein schwacher Lichtschein? Er war ganz sicher, dass ihm da jemand zu Hilfe kam. Doch das Licht, auf das er zutaumelte, wurde nicht etwa heller, sondern immer matter und verschwand schließlich ganz.

Plötzlich drang von irgendwoher ein leises Murmeln an sein Ohr. Es war ein gurgelnder Ton, so schwach, dass er sich nicht sicher war, ob er ihn tatsächlich hörte, oder er nur in seinem Gedächtnis existierte. Irgendwo rieselte

Wasser. Als er näher kam, hörte er Geräusche eines plätschernden Baches. Der Gedanke fraß sich in sein Hirn: Die Moraste speisen kleine Rinnsale, die Rinnsale verwandeln sich in rauschende Bäche, die Bäche münden in Flüsse! Wer sich verirrt, so hatte er es bei den Pfadfindern gelernt, musste dem Wasserlauf folgen. Irgendwann würde er den Wanderer zu einer Ansiedlung geleiten, zu Häusern, vielleicht zu einem Dorf.

Simon vertraute dem rettenden Wegweiser, es ging stetig leicht bergab. Schon wenige Minuten später entdeckte er ein Steinkreuz, ein sicherer Hinweis, dass er sich auf einem uralten Pfad durchs Moor befand. Nun konnte er auch wieder festen Boden unter den Füßen spüren.

Ab und zu blieb er stehen, lauschte angestrengt in die aufkommende Dunkelheit. Vielleicht waren da schon Geräusche einer Straße, das Brummen eines Motors. Dann sah er ein sonderbares gelbliches Licht, das in einiger Entfernung glomm. Weiter draußen hätte man es für ein Irrlicht halten können. Aber es wurde rasch größer. Er erkannte ein Gebäude, umgeben von einer hohen Mauer, im oberen Stockwerk waren mehrere Fenster erleuchtet.

Es musste sich hier um eine ehemalige Burg handeln. Die hohen Mauern ließen aber auch auf ein Gefängnis oder einen Militärstützpunkt schließen. In Tavistock hatte ein Nationalpark-Ranger seiner Gruppe erklärt, britische

Soldaten würden in Dartmoor Manöver durchführen, um im schwierigen Gelände für Kampfeinsätze zu trainieren. Auf jeden Fall würde er hier auf Menschen treffen, er hatte den Lichtschein deutlich gesehen.

Die Mauer wollte kein Ende nehmen, immer wieder stützte er sich mit der Rechten an den feuchten Wänden ab. Wo war hier ein Eingang? Simon glaubte bereits, das Bauwerk umrundet zu haben, als er auf ein massives Portal aus Eichenholz mit einem vergitterten Guckloch stieß.

Seine gefühllosen Finger zogen an der Glocke, die in einer Natursteinmauer verschwand. Behäbige Schritte hinter dem Tor. Ein Riegel wurde zurückgeschoben. Die Tür begann zu ächzen.

„Helfen Sie mir, bitte helfen Sie mir!"

Der alte Mann musterte ihn besorgt. Simons Körper wurde von Schluchzern geschüttelt. Der Blick aus aufgerissenen Augen signalisierte Angst.

„Dieser Ort wurde durch die Güte unseres Herrn geschaffen, komm herein!"

„Bitte verständigen Sie die Jugendherberge in Ashburton. Ich bin hier auf einem Auslandscamp und habe mich verirrt. Die anderen suchen mich!"

Doch der dunkel gekleidete Mann schüttelte nur den Kopf und blickte ihn verständnislos an. „Warte, ich bringe dich zum hochwürdigen Abt."

„Abt?", krächzte Simon. „Wieso denn Abt? Ist das etwa eine Kirche?"

„Du befindest dich in einem Kloster. Hier ist Buckfast Abbey am Rande des Moors."

„Auch gut", dachte Simon. Der Fluss hatte ihn zu Menschen geführt. Menschen, die ihm helfen würden. Und gerade in einem Kloster konnte man Hilfsbereitschaft erwarten. Wenig später näherte sich der Abt, ein Mann von hünenhafter Statur.

„Du hast dich also verirrt", sprach er langsam und bedächtig. „Leider können wir dir nicht helfen. Es gibt in diesem Kloster kein Telefon, keinen Strom. Selbstverständlich auch kein Auto, mit dem wir dich nach Ashburton zu deinen Kameraden bringen könnten."

„Aber können Sie nicht wenigstens von außerhalb des Klosters anrufen?"

„Den Mönchen ist es untersagt, das Kloster zu verlassen. Nur in schweren Krankheitsfällen gibt es Ausnahmen."

Der Abt sah nach der Zeit und schüttelte den Kopf. „Leider ist auch der letzte Bus nach Ashburton bereits abgefahren."

Plötzlich packte Simon die Angst, dieser Mann in der schwarzen Soutane würde ihn wieder wegschicken, hinaus ins Moor, in die Dunkelheit, in den Tod. Doch der Abt blickte nun gütig zu ihm herab und meinte: „Unser

Herr verlässt keinen, Gott weist keinen ab. Du bist ja vollkommen durchfroren. Da wollen wir erst einmal Feuer machen. Ich bringe dich in die Wärmestube."

Der Pförtner entzündete in dem kleinen Raum Kerzen auf dem Tisch und in dem schweren Kerzenhalter, der von der Decke hing. Der Stuhl, auf dem Simon Platz nahm, war aus schwarzem Holz geschnitzt. An den Wänden hingen ein paar vergilbte Heiligenbilder und ein Gemälde, das den Klostergründer zeigte.

Den Mittelpunkt des Raumes bildete ein hoher und sehr tiefer Kamin. Daneben lagen auf einem Stapel Zedern- und Ulmenholz. Simon beobachtete, wie der Pförtner Papier zusammenknüllte und dünne Kienspäne sorgfältig verteilte. Er zündete ein Streichholz an und sofort züngelten orangegelbe Flammen empor. Vorsichtig legte er die Zedernscheite obenauf. Der reine Geruch brennenden Holzes breitete sich aus und die trockene Wärme drang bald bis in den letzten Winkel.

Simon mochte es, wenn das Feuer prasselte, und er stellte sich vor, wie sich die blaue Rauchfahne aus dem Schornstein auf die Hügel des Moors zubewegte. Der Gedanke gefiel ihm, dass das Feuer in diesem Kamin ihn mit all denen verband, die vor ihm an diesem Platz gewesen waren.

Die Wärmestube war der einzige Raum des Klosters, der beheizt wurde. Simon zog seine wetterfeste Jacke aus. Der

Abt sah, dass er völlig durchschwitzt war, verschwand in einem Nebenraum und kam mit einem Hemd zurück.

„Die Größe müsste passen. Du gibst es mir einfach morgen zurück."

Simon erzählte von seiner Pfadfindergruppe, von der Wanderung durchs Moor.

Über den blauen Augen seines Gesprächspartners, die ihn stetig und durchdringend anblickten, wölbten sich buschige Brauen. „Dartmoor birgt vielerlei Gefahren. Man darf diese Gegend nicht unterschätzen. Immer wieder verirren sich Touristen im Nebel der Moore. Auch mich hat es einmal böse erwischt, da war ich etwa in deinem Alter. Der Nebel war plötzlich so dicht wie Schafswolle und berührte mich mit seinen nassen, kalten Fingern."

Er hatte eine tiefe, angenehme Stimme. Der Pförtner trat ein und stellte einen Topf Kartoffelsuppe auf den Tisch, über die sich Simon gierig hermachte. Er versuchte, seine abgekauten Fingernägel zu verstecken. Das Holz im Kamin krachte munter. Das Feuer zauberte zitternde Schatten in das Gesicht des Abts. Seine Züge waren gefurcht, ein Leben voller Entbehrungen und Verzicht hatte viele Falten in dieses Antlitz gezogen.

„Jedenfalls darfst du heute Nacht bleiben. Du bist unser Gast."

Plötzlich sprang eine dürre schwarze Katze auf den

Tisch. Simon erschrak, er hatte sie nicht kommen sehen. Der Abt griff nach dem Tier mit den gelb leuchtenden Augen und dem weißen Fleck auf der Stirn und drückte es an sich. Dann erzählte er vom Klosterleben. Die Mönche von Buckfast Abbey hatten sich für ein Leben in Beten, Schweigen und Gehorsam entschieden. Wer hier Einlass begehrte, der war gekommen, um die moderne Welt und ihre lasterhaften Auswüchse für immer hinter sich zu lassen.

„Unser Leben ruht in Gottes Hand. Es gehört uns nicht mehr."

Für die Dauer eines Atemzugs herrschte Schweigen. Man hörte bloß das Tropfen eines schlecht zugedrehten Wasserhahns im Nebenraum. Als ein heller Glockenschlag ertönte, ließ der Abt die Katze unvermittelt zu Boden fallen und sprang auf.

„Gleich beginnt die Vesper. Die Brüder erwarten mich."

„Vesper?"

„Das ist die abendliche Gebetsstunde der Mönche. Bruder Raphael, unser Pförtner, wird dich zum Pilgerhaus bringen." Er stülpte sich hastig die Kapuze über den Kopf und strebte mit zügigen Schritten dem Kreuzgang zu.

Als Simon beim Brunnen, der mit Holzschindeln überdacht war, auf den Pförtner wartete, sah er von überall her die Mönche zur Kirche eilen. Merkwürdig still war es hier, kein Telefonklingeln, kein Verkehrslärm, kein Gerede. Als ob man die Welt einfach so wegklicken könnte.

„Du darfst also bei uns im Kloster übernachten", brummte der Pförtner. Simon entging nicht, dass er ihn mit einem Anflug von Besorgnis musterte. Es gehörte zu seiner Aufgabe als Pförtner, Fremden mit Misstrauen zu begegnen.

„Verlasse auf keinen Fall dein Zimmer bis zum Morgen. Einige Treppen führen in ein dunkles Labyrinth von Gängen, in denen sich ein Fremder leicht verirren kann. Ich gebe dir das Zimmer, das einen direkten Zugang zur Gangtoilette hat."

Er trug einen dreiarmigen Leuchter aus massivem Silber mit dicken Kerzen. Es ging treppauf, treppab, als sie um eine Ecke bogen, zeichnete sich Simons Schatten riesenhaft an der Wand ab.

„Ich hoffe nur, du wirst keine Angst haben."

„Angst? Wirklich nicht, wovor denn?"

„Möglicherweise vor der Stille. Du wirst in diesem Gästehaus ganz allein sein. Erst am Wochenende erwarten wir hier einige Pilger."

„An einem so heiligen Ort wird es wohl kaum Gespenster geben", meinte Simon übermütig. Es war allgemein bekannt, dass Gespenster die Macht des Kreuzes fürchteten, eine tiefe Abscheu vor Weihwasser und frommen Mönchen hatten.

„Nein, Gespenster gibt es in diesem Kloster nicht", entgegnete der Pförtner amüsiert. „Aber wer weiß, vielleicht treffe ich sie irgendwann einmal."

Er ging, nach allen Seiten spähend und leicht schlurfend, den Gang zurück und kicherte. Dann war er so plötzlich in der Finsternis verschwunden, dass man fast glauben konnte, er wäre selbst ein Geist.

2

ZÖGERND betrat Simon den Raum. Er war muffig und
feucht und es lag ein Geruch nach Schimmel in der Luft.
Simon tropfte heißes Wachs auf den Tisch und befestigte
die Kerzen, die ihm der Pförtner überlassen hatte. Bei der
spärlichen Beleuchtung konnte er die Einzelheiten des
Zimmers nur undeutlich erkennen.

Hastig entriegelte er ein Fenster und stieß es auf.
Ein nasskalter Wind fegte herein. Der Boden unter seinen
Füßen knarrte scheußlich. Alles wirkte, als sei es seit
Jahren nicht beachtet oder benutzt worden. Auf dem Tisch
stand eine Vase mit vertrockneten Blumen, die Blüten
sahen aus, als würde die leichteste Berührung sie zu Staub
zerfallen lassen. Von der Decke flimmerten zarte Spinn-
weben, silbern im Schein des Lichts, eine Maus huschte
davon im Kegel seiner Taschenlampe. An der Wand hingen
ein einfaches Kruzifix und ein Heiligenbild, das eine Frau
in tiefer Andacht zeigte. Auf dem Nachtkästchen lagen
eine Bibel und eine Broschüre über Buckfast Abbey.

Unablässig bohrte in Simon dieser Gedanke, er war wie
ein schmerzender, schriller Ton im Kopf: Sie werden noch
immer suchen, immer wieder nach mir rufen. Möglicherweise die ganze Nacht. Sicher war auch bereits die Polizei
alarmiert, die mit Hunden durch die Gegend streifte.

Hatten sie auch schon seine Mutter benachrichtigt? Vielleicht werden sie die Suche in den Morgenstunden beenden, ihn für vermisst erklären – oder für tot? Ein Opfer des Moors …

Unruhig ging er im Zimmer auf und ab, blickte immer wieder durchs Fenster. Waren sie schon in seiner Nähe? Sollte er nicht doch wieder von hier verschwinden?

Simon fröstelte, rasch schloss er das Fenster. Eine heftige Bö drückte gegen die Scheiben. Die Kerzen brannten so ruhig, als herrschte nicht die geringste Zugluft.

Irgendetwas Unheimliches schien diese Mauern zu umgeben wie ein unsichtbarer Schatten, eine fast spürbare Aura von Gefahr und Bedrohung. Es war mehr eine Ahnung, ein Instinkt, der alles in ihm zur Abwehr erweckte. Doch er verdankte diesem Kloster sein Leben. Es war ein Gefühl tiefster Dankbarkeit, das ihn durchflutete. Er freute sich, dass er lebte. Er hatte erfahren müssen, dass das Leben zerbrechlich war und ungewiss wie der nächste Atemzug.

Die Kerzen waren bis auf einige Stummel heruntergebrannt. Mit angezogenen Knien kauerte er sich auf dem Bett zusammen, schloss die Augen und dachte nach.

Es war allein seine Schuld, dass er bei dieser Wanderung den Anschluss an die Gruppe verloren hatte. Es hatte Streit mit Fabian und Tobias gegeben, die üblichen Hänseleien. Da wollte er eben trotzig etwas Abstand halten.

Dann starrte er die Wände an, auf die der Mondschein immer wieder neue Muster und Schatten zauberte, die sich beim längeren Ansehen zu bewegen schienen.

Das Heulen des Windes und das regelmäßige Schlagen der Kirchturmuhr hielten ihn wach. Im Strahl der Taschenlampe erkannte er ein Rudel dickleibiger Spinnen auf langen, haarigen Beinen. Sie versuchten, sich ins Dunkel mehrerer Ritzen zurückzuziehen.

Als er aufsprang und wieder nach draußen blickte, fiel ihm ein, dass man von den Gangfenstern eine weitaus bessere Sicht aufs Moor hatte. Natürlich dachte er an die Warnungen des Pförtners, aber er war zu aufgewühlt, um zu schlafen. Und vielleicht konnte er dort draußen doch noch jemanden erspähen.

Simon hatte das Gästehaus verlassen und befand sich auf dem Weg zum Kreuzgang. Plötzlich hielt er inne. Er hörte Schritte, leise Schritte auf dem Nebengang. Jemand schien bewusst vorsichtig zu gehen. Er lauschte mit angehaltenem Atem. Er hatte dieses untrügliche Gefühl, nicht mehr allein zu sein, und schaltete die Taschenlampe aus.

Dort, wo sich die beiden Wege kreuzten, huschte jemand den Gang entlang. Verschwommen nahm er die Umrisse einer zierlichen Gestalt wahr. In diesem Augenblick kam der Mond hinter einer Wolke hervor und überflutete den Gang mit kaltem, weißem Licht ... Das Mädchen schien ebenso verblüfft zu sein wie er und stieß einen leisen, halb erschrockenen, halb überraschten Laut aus. Es hatte volles, glänzendes rotes Haar, das ihr bis zur Taille reichte, helle, sommersprossige Haut und grüne Augen.

„He, was machst du da?", stammelte Simon.

„Dasselbe könnte ich dich fragen", entgegnete das Mädchen. „Ich ... ich bin hier zu Hause. Meine Mutter arbeitet zusammen mit anderen Frauen im Wirtschaftstrakt."

„Ich bin Simon. Und du?"

„Kitty."

Ihre Lippen waren erschreckend blutleer. Er spürte einen plötzlichen kalten Lufthauch. Sie trug ein weißes, knöchellanges Kleid. Die Ärmel waren so lang, dass ihre Hände mitsamt den Fingern darin fast verschwanden.

Simon erzählte, was er in den letzten Stunden erlebt hatte.

Kitty hörte aufmerksam zu, lächelte mitunter. Sie hatte einen verträumten Ausdruck im Gesicht, in dem Simon einen Schimmer von Wehmut zu erkennen glaubte. „Dieser Ort ist nicht besonders einladend und gastlich", meinte sie.

„Das macht überhaupt nichts. Ich bin froh, dass sie mich hier aufgenommen haben."

Um den Hals trug sie eine lange Silberkette mit einem Amulett. Sie spielte damit, während sie sprach. Oft unbewusst, so schien es Simon. Es war ein auffallendes Amulett aus Silber mit einem Marienbild.

„Mitunter finde ich es hier grauenvoll", seufzte Kitty. „Besonders hasse ich diese fette, schwarze Ratte. Sie kommt stets nachts und kriecht unter meinem Bett herum. Raschelnd, rastlos. Ich bekomme kein Auge zu. Aber du gewöhnst dich an einiges, wenn du länger hier wohnst."

Simon zog sich das etwas zu weite Hemd des Abts enger um den Hals und fröstelte. „Es ist hier überall viel zu kalt."

„Zu kalt, tatsächlich?", fragte Kitty und hauchte kurz, als wollte sie sich überzeugen, ob man ihren Atem sehen konnte. „Es ist diese Feuchtigkeit, die mich am meisten nervt. Vor ihr gibt es keinen Schutz, sie frisst sich hinein in jedes Kleidungsstück, in jede Pore."

Er genoss den kindlichen, weichen Tonfall ihrer Stimme, seine Blicke hingen an dem feenhaft gewellten Haar. Ihre Haut hatte einen weißlichen Schimmer. Um die Halspartie war sie seltsam gefleckt, wirkte blutunterlaufen oder tätowiert.

„Kannst du mir nicht das Kloster zeigen? Sicher gibt es hier geheimnisvolle Plätze, die Besucher niemals sehen."

Eigentlich fühlte er sich ja nicht mehr fit genug für eine Besichtigungstour, aber er hatte Angst, dieses Mädchen würde so schnell wieder verschwinden, wie es aufgetaucht war.

„Hat das nicht bis morgen Zeit? Ich bin ziemlich müde."

„Morgen muss ich von hier ganz schnell weg. Das ist meine letzte Chance, etwas zu sehen."

Sie lächelte und kräuselte spöttisch die Lippen: „Du könntest in Panik flüchten und mit weißen Haaren zurückkommen."

„Du meinst, dass ich Angst habe?"

Wieder fielen ihm die eindringlichen Worte des Pförtners ein, das Zimmer unter keinen Umständen zu verlassen. In seinem Unterbewusstsein schrillte eine Warnglocke. Doch es musste ein Erlebnis der besonderen Art sein, im Dunkeln durch die Hallen und Gänge zu streichen, vielleicht in die Tiefen unterirdischer Räume hinabzusteigen.

Kitty zuckte mit den Schultern: „Wenn du unbedingt glaubst."

Sie zogen los. Simon überließ ihr seine Taschenlampe. Der Kreuzgang, der überdachte viereckige Wandelgang, war durch einzelne Fackeln erhellt. Er galt als Symbol göttlicher Ordnung. In der Kirche betraten sie im hinteren Teil des Hauptschiffes eine Galerie, auf der Pilger die Messfeiern mitverfolgen konnten. Das Gotteshaus war schmucklos mit einem rechteckigen Chorraum. Der Altar bestand aus einem einfachen Tisch. Es roch nach Weihrauch und Kerzenwachs.

Die Mönche von Buckfast Abbey gehörten zum einzigen Orden, der sich nahezu alle ursprünglichen mittelalterlichen Eigenarten erhalten hatte. Der Tagesablauf folgte festen Regeln. In wenigen Minuten begann die Mette, der Nachtgottesdienst. Nacheinander betraten die Patres die Kirche, langsam verteilten sie sich auf ihre Plätze. Dann kamen die Brüder durch den Hintereingang.

Der gut zweistündige Mitternachtsgottesdienst in der Kirche war Höhepunkt des täglichen Stundenplans.

Inzwischen hatten alle Platz genommen. Stille. Sammlung zum Gebet. Schweres Atmen. Knarren der Holzbänke. Ein lauter Schnäuzer. Simon duckte sich, als der Vorsänger den Blick flehend zur Kirchendecke richtete. Dieser Mönch eröffnete den liturgischen Gesang mit einer sanften gregorianischen Melodie: Domine, labia mea aperies – Herr, öffne meine Lippen! Die anderen fielen ein, im Wechsel wurde einzeln und gemeinsam gebetet und gesungen.

Die Mönche saßen in den hölzernen Betnischen. Die dunklen Gestalten waren alle gleich anzusehen in ihren schwarzen Kapuzen und Kutten. Nachdem der Gesang verklungen war, gab der Abt ein Zeichen und es begann die Lesung aus der Heiligen Schrift. Ein bisschen außerirdisch wirkten sie auf Simon. Wie Gäste aus einer anderen Galaxie. Oder war er selber der außerirdische Gast inmitten dieses Klosters?

Auf dem weiteren Weg durch die Abtei wurde Simon bewusst, dass er immer tiefer in dieses geheimnisvolle Labyrinth vordrang. „Wenn ich Kitty aus den Augen

verliere, finde ich nie mehr in mein Zimmer zurück",
dachte er. Nach einer Wegbiegung kamen ausgetretene
Stufen ins Licht, die abwärts führten und nach einer
Windung außer Sicht gerieten.

„Gib Acht, es sind genau 22 Stufen, weiter unten musst
du dich bücken!"

Zögernd setzte er die ersten Schritte, sah den glitschigen
Film auf der Treppe. Mit jeder Stufe nahm die Kälte zu.
Die Tür am Ende der Treppe wirkte wie ein schwarzes,
alles verschlingendes Loch. Plötzlich fühlte er einen heftigen Schlag gegen den Kopf. Er taumelte, der Schrei blieb
ihm in der Kehle stecken. Benommen blieb er stehen, griff
sich an die Stirn. Verdammt, warum hatte er nicht auf
Kitty gehört?

„Ist es schlimm?", hörte er eine Stimme aus der Dunkelheit.

Er erkannte, dass er sich in einem Kellergewölbe befand.
Die Wände glitzerten im Schein der Taschenlampe feucht
und auch die Luft roch nach Nässe. Mit weit aufgerissenen
Augen versuchte er, die Dunkelheit zu durchdringen.

Kitty leuchtete nun die Wände ab. Eine Reihe von Toten-
schädeln mit tiefen Augenhöhlen, ausgefransten Nasen-
beinen und blank liegenden Zähnen starrte Simon aus
dem Moder der Vergangenheit an. Bleich, hart und starr.
Zwischen den Schädeln häuften sich zahllose Gebeine,

bröckelnde Arm- und Schenkelknochen, Rippen und Kiefer. Die sterblichen Überreste der Mönche waren in acht Jahrhunderten in dieser Gruft gesammelt und aufeinandergeschichtet worden. Man hatte sie aus der Erde gegraben und in den Nischen bis zur Decke aufgehäuft.

Das Atmen fiel Simon allmählich schwer. Hin und wieder hörte man einen von der Decke fallenden Wassertropfen auf dem Steinboden zerplatzen. Über einige Stufen erreichten sie nach etlichen Biegungen und Windungen die Kapelle. Acht große Kerzenleuchter aus Holz erhellten den Raum. Jeder Leuchter hatte die Form eines Skeletts. Sie bildeten ein Rechteck. In der Mitte stand ein Sarg, in den ein Toter gebettet war.

3

SIMON spürte, wie ihm der Schweiß ausbrach, blitzartig. Nein, an Flucht dachte er nicht, auch nicht an die Möglichkeit, zu schreien. Das alles war zu unwirklich. Für einen flüchtigen Augenblick hatte er grauenhafte Angst. Todesangst.

„Alles in Ordnung?", fragte Kitty.

Die Augen des Greises waren geschlossen. Die weißen Hände umfassten ein schwarzes Kreuz. Zuerst konnte er gar nicht glauben, dass hier ein Toter vor ihm lag. Da ruhte ein zufriedenes Lächeln auf den wächsernen Zügen, das den ganzen Raum zu erhellen schien. Ein Toter konnte doch unmöglich so glücklich aussehen. Er strahlte heitere Gelassenheit und Seelenfrieden aus; ein Diener Gottes, der zu seinem Herrn aufgestiegen war.

„Er ist zu seinem Schöpfer aufgebrochen", flüsterte Kitty. „Wir sind nur ein kurzer Moment in seiner Ewigkeit." Es war Brauch, einen toten Mönch in der Nacht vor seiner Beerdigung in der Kapelle aufzubahren.

„Das ist Bruder Michael. Ich kenne ihn schon lange und habe ihn sehr gemocht. Sein Orgelspiel hat mich oft zu Tränen gerührt. Wenn ich die Augen schloss, nahmen die Töne plötzlich Formen an. Ich glaubte, die Musik zu sehen. Manchmal habe ich von ihm Rosen und Dahlien

bekommen. Noch am Morgen hat er im Klostergarten die
Blumen gegossen."

Obwohl schon 85, hatte er sich immer bester Gesundheit erfreut. Ein Schlaganfall, ein kurzer jäher Schmerz,
das plötzliche Ende. In jahrelanger Arbeit hatte er die
Orgel des Klosters restauriert. Es war ihm gelungen, den
ursprünglichen Klang dieses Juwels wieder herzustellen.
Die neuen Orgelpfeifen in der Art der alten hatte er selbst
angefertigt und damit den Klang vergangener Jahrhunderte
wieder lebendig gemacht.

Kitty streichelte zärtlich über die Wange des Toten, dann
legte sie Simon eine Hand auf die Schulter. In ihren Augen
stand aufrichtige Besorgnis geschrieben.

„Hast du denn noch nie einen Toten gesehen, ihm ins
Antlitz geblickt?"

„Ne – in. Das heißt ... doch, einmal."

Den allerersten toten Menschen, seine Oma, hatte er mit
acht Jahren gesehen. Sie war so verstorben, wie es sich
die meisten wünschten: friedlich, zu Hause, im Kreise der
Angehörigen. Die Mutter hatte ihn ermuntert, ihre Hand
zu berühren. Sie war eiskalt gewesen. Er erinnerte sich
noch genau an dieses Bündel Mensch, so dünn, dass sich
der Körper kaum noch unter der Decke abzeichnete. An
die geschlossenen Lider, weit hinten in den Augenhöhlen,
an die spitz hervortretende Nase, an Mulden statt Wangen.

„Vor toten Menschen musst du keine Angst haben. Gefährlich sind die Lebenden", flüsterte Kitty und zeigte zur Tür. „Warte bitte draußen auf mich, ich möchte mit ihm kurz allein sein!"

Im Lesegang des Kreuzgangs schreckten sie einige Fledermäuse auf. Aufgeregt flatterten sie um ihre Köpfe. Das uralte Gebälk war Heimat Hunderter Fledermäuse. Im nächsten Gang packte Simon seine Begleiterin an der Schulter.

„Hörst du das auch?"

„Was denn?"

„Dieses Klopfen!"

Irgendjemand gab Klopfzeichen. Einen Moment dachte er, es wäre bloß in seinem Kopf. Dann schien es plötzlich von überall zu kommen. Die Laute dröhnten in seinen Ohren – ein Dröhnen, das ihn fast taub machte, sodass er die weiche, flüsternde Stimme von Kitty kaum noch hörte.

„Das ist Bruder Patrick. Er schlägt mit seinem Gehstock gegen die Wand. Er ist alt und krank. Da die Mönche nicht sprechen dürfen, verständigen sie sich in Notfällen mit Klopfzeichen."

Simon wollte schon immer wissen, wie so etwas funktionierte. Eine Weile standen sie still da, lauschten in die Finsternis.

„Also, das Alphabet hat 26 Buchstaben", erklärte Kitty. „Das Y wird weggelassen, daher haben sie fünf Reihen zu je fünf Buchstaben. Die Brüder klopfen zuerst die Reihe, dann den Buchstaben, verstehst du? Einmal klopfen, dann zweimal klopfen: erste Reihe, zweiter Buchstabe: B."

Wieder horchte Kitty angestrengt, den Kopf ein wenig schief geneigt. „Er sagt, dass er dringend neue Medizin braucht. Die Galle macht ihm zu schaffen, armer Kerl. Er scheint nicht zu wissen, dass nun Mette ist und ihn niemand hören kann. Sie sollten ihn endlich in ein Krankenhaus bringen."

Die hämmernden Schläge pflanzten sich in den winkeligen Gängen fort. Simon empfand Mitleid mit Bruder Patrick und erinnerte sich an die Worte des Abts, dass schwerkranke Mönche das Kloster verlassen durften. Auf dem weiteren Weg setzte er in der Finsternis mechanisch Fuß vor Fuß, während irre Gedanken durch seinen Kopf rasten: Das alles konnte doch gar nicht wahr sein! Doch dieses Mädchen war kein Trugbild, Kitty führte ihn nun an der Backstube vorbei, wo die Mönche aus Mehl und Wasser Hostien und Brot buken. Dann waren sie auf dem Friedhof angelangt.

Die einfachen Holzkreuze trugen keine Namen. Es hatte wieder zu regnen begonnen. Simons Haare waren sofort patschnass und hingen ihm strähnig ins Gesicht. Kittys lange, knöcherne Finger umfassten sein Handgelenk und sie flüchteten unter ein Vordach.

„Ich komme oft hierher", meinte Kitty verklärt. „Dieser Friedhof ist mein Lieblingsort."

„Lieblingsort?", stammelte Simon. „Wieso denn Lieblingsort?"

„Besonders nachts fühle ich mich hier wohl. Dann spüre ich nur Ruhe und Frieden um mich, sie umhüllen mich wie ein warmer Mantel. Hier kann ich am besten über alles nachdenken."

„Aber man könnte es hier unheimlich finden, zum Fürchten."

„Fürchten? Wovor denn? Es gibt absolut keinen Ort auf dieser Erde, wo du dich so sicher und geborgen fühlen kannst. Du bist hier schließlich der einzige Lebende, um dich herum befinden sich nur Tote."

„Sie meint wohl, dass wir beide hier die einzigen Lebenden sind", dachte Simon. Um den Turm strich krächzend ein Nachtvogel. Von hier erschien ihm das winkelige Gemäuer noch düsterer als zuvor. Selbst der Kirchturm wirkte unheilvoll. Er ragte wie ein stummer Wächter in das Dunkel empor und stand da wie eine Drohung.

„Trotzdem wirkt alles ziemlich gruselig, findest du nicht?" Seine Stimme zitterte vor Anspannung.

„Gruselig ist es, wenn von dumpfen Geräuschen aus der Tiefe und von innen zerkratzten Sargdeckeln erzählt wird. Es ist in Dartmoor immer wieder vorgekommen, dass man Scheintote begraben hat."

Der Regenguss war vorüber. Im Mondschein trieben bizarre Wolkengebilde über den Dächern des Klosters. Kitty schien in Gedanken und die Haare fielen ihr ständig über die Augen. Dann schüttelte sie den Kopf und warf sie zurück. „Als ich noch ein Kind war, weinte ich oft, weil ich den Sonnenuntergang so schön fand. Oder den Mond."

Und dann ließen sie nur den Wind über sich hingehen und sagten gar nichts. Es war schön, mit jemandem schweigen zu können. Simon fiel auf, dass eine Grabplatte in der ersten Reihe schief lag. Sie schloss nicht dicht ab.

„Das hier ist keine Grabstelle", erklärte Kitty. „Es ist der Zugang zu einem geheimen Fluchttunnel, durch den die Mönche im Mittelalter aus dem Kloster flohen, wenn Feinde kamen. Der Ausgang lag gut getarnt hinter einem Hügel im Moor."

Der Tunnel, eng und feucht, führte schräg hinab. Auch unter der Kirche verlief ein Gangsystem. Der Zugang befand sich im Granitpflaster hinter dem Altar. Es wurde behauptet, das Kloster sei von Geheimgängen durchzogen. Gänge, von denen längst niemand mehr etwas wusste. Einige waren im Laufe der Jahrhunderte eingestürzt oder in Vergessenheit geraten. Es war schon vorgekommen, dass Mönche durch ein Loch in einen vergessenen Gang aus früheren Jahrhunderten gefallen waren und sich verletzt hatten.

Sie kamen an einem frisch ausgehobenen Grab vorbei. „Hier wird Bruder Michael morgen begraben. Es ist alles vorbereitet."

Ein Lichtschein aus der Kirche brachte eine Rosette zum Leuchten. Die Friedhöfe der Klosteranlagen befanden sich immer im Osten, denn diese Himmelsrichtung bedeutete Sonnenaufgang und Auferstehung.

Die Bibliothek mit ihren wertvollen Handschriften war der wohl stillste Raum der Abtei. Durch die Türen und dicken Teppiche drang kein Laut. Die Bücherreihen ragten bis zur hohen Decke empor. Drei Ratten ergriffen die Flucht, als sie vom Licht der Taschenlampe erfasst wurden.

„Warum ausgerechnet hier, in der Bibliothek?", staunte Simon.

„Die Biester lieben Pergament. Sie kommen durch Abflussrohre und Toiletten."

Eine Haarsträhne war ihr ins Gesicht gefallen. Simon strich sie ihr behutsam aus der Stirn. Er konnte sich nicht satt sehen an ihren grünen Augen, den hohen Wangenknochen, dem flammend roten Haar. Auffallend war aber, dass dieses Mädchen kaum etwas von sich verriet.

„Wo wohnst du hier mit deiner Mutter?"

„Ich wohne nicht immer hier. Das wäre mir zu langweilig. Ich komme aus Manaton. Dort bin ich zu Hause."

„Und gehst du dort zur Schule? Hast du viele Freunde?"

Kitty antwortete nicht, tat so, als habe sie die Frage nicht verstanden. Sie drehte sich nach ihm um: „Gib Acht, diese Treppe führt steil nach oben! Es genügt, wenn du dir einmal den Kopf angeschlagen hast."

„Wie alt bist du eigentlich?"

„Fünfzehn", meinte Kitty beiläufig. „Aber das bin ich schon sehr lange."

Simon wunderte sich ein wenig über diese Antwort, dieses „bin ich schon sehr lange". „Sie wird wohl meinen, dass sie bald sechzehn ist, genau wie ich", dachte er.

Die Gästegalerie der Kirche war eine Abkürzung auf dem Weg zum Pilgerhaus.

Schwaches Sternenlicht ergoss sich über den Seitenflügel des Gotteshauses. Erst jetzt fielen Simon die rußgeschwärzten Wände auf, die sich bis zur Decke hinzogen. Es sah aus, als hätte in dieser Kirche einst ein Brand gewütet.

Soeben entfaltete sich der finale Gesang im hohen Gewölbe der Kirche. Der monotone Rhythmus des Chores schien die kühle Nachtluft in Schwingungen zu versetzen. Die Mönche zogen ihre Kapuzen über und begaben sich in einer langen Reihe in ihre Zellen.

„Wir müssen uns beeilen", zischelte Kitty. „Sie dürfen uns nicht sehen. Der Abt ist besonders streng."

Nach einem gewundenen seitlichen Gang huschte oberhalb der Treppe plötzlich etwas durch die Finsternis.

Es war die schwarze Katze, die der Abt in der Wärmestube so innig umschlungen hatte. Sie fauchte wütend, machte einen Buckel und schlug mit der Pfote mehrmals nach Kitty. Es schien, als wollte sie das Mädchen am Weitergehen hindern. Kitty erschrak, verzog ärgerlich das Gesicht und zischte etwas Unverständliches. Dann verschwand die Katze in der Dunkelheit.

„Es ist höchste Zeit für mich. Ich muss zurückkehren. Leb wohl", meinte sie hastig.

Simon war von seiner Begleiterin begeistert. Noch nie hatte ihn ein Mädchen derart fasziniert. Er unterdrückte den heftigen Wunsch, sie zu umarmen und zu küssen. Er spürte ihren warmen Atem, seine Hand streichelte ihren Nacken, streifte ganz leicht das rechte Ohr und glitt langsam über Wange und Kinn.

„Bist du schon einmal jemandem begegnet, bei dem du sofort das Gefühl hattest, dass ..."

„Ja?" Sie sah ihn im Schutz der Dunkelheit fragend an, ihre grünen, von tiefen Schatten umrandeten Augen weit geöffnet. Wieder nestelte sie an der Silberkette herum. Ein paar lose Strähnen ihrer Haare kitzelten auf seiner Wange.

„Ich weiß nicht, wie ich es erklären soll." Er glaubte plötzlich, die Stufen würden sich unter seinen Füßen bewegen und die Treppe würde zu schwanken und trudeln beginnen.

Sie antwortete nicht, sie sah ihn nur in ihrer scheuen,

zurückhaltenden Art an und Simon wusste nicht, was er weiter sagen sollte. Er fragte sie noch, ob er sie beim Frühstück treffen konnte. Kitty nickte und reichte ihm stumm die Taschenlampe.

„Willst du sie nicht bis morgen behalten?", meinte er schüchtern. „Dann weiß ich wenigstens, dass du wiederkommst."

Sie lächelte und schüttelte den Kopf, gab ihm die Lampe und verschwand. Die Tür fiel hinter ihm ins Schloss. Er war allein. Simon war erleichtert, wieder in seinem Zimmer angekommen zu sein und doch traurig, weil Kitty so plötzlich verschwunden war. Er starrte aus dem Fenster. Lange Schatten krochen über das Moor, in dem einzelne feuchte Stellen wie Irrlichter glitzerten.

„Wahrscheinlich suchen sie dort draußen immer noch nach mir", fuhr es ihm durch den Kopf. Die Augen der Frau auf dem Ölgemälde hatten einen eigenartigen Glanz angenommen. Simon schien es, als würden sie feucht schimmern. Für einen Moment hatte er das Gefühl, dass ihn diese Augen von der Leinwand herab durchdringend anblickten. Es war, als wäre die Heilige auf dem Bild plötzlich zum Leben erwacht.

Die Hoffnung auf den nächsten Tag ließ ihn kaum schlafen. Schon in wenigen Stunden würde er Kitty wiedersehen.

4

ENDLICH erschienen am östlichen Horizont blassgelbe Streifen, der erste Schimmer der Morgendämmerung. Simon wurde durch das Rauschen des Baches geweckt. Es war eine wunderbare Melodie in seinen Ohren. Dort draußen war sein Lebensretter, der ihn zu diesem Kloster geführt hatte.

Sein Kopf fühlte sich schwer an. Er versuchte, einen klaren Gedanken zu fassen, während Erinnerungen an die Ereignisse der Nacht bruchstückhaft auf ihn einstürzten. Plötzlich fühlte er etwas Klebriges an der Wange. Er wollte es abwischen und verfing sich in einem Spinnfaden. Als er nach oben blickte, sah er am anderen Ende des Fadens eine dicke Spinne mit einem kugelrunden Körper. Sie saß auf einem Trapezgespinst und zog nun, in der Meinung, einen fetten Bissen ergattert zu haben, die Leine ein. Simon versetzte den Faden in Schwingungen, worauf sie ihn mit den Kiefertastern noch schneller aufspulte. Als er sich im Bett erhob, um genauer in ihre kleine Welt zu blicken, kroch sie rasch in eine Mauerspalte und war verschwunden.

Aus dem Klostergarten kamen Vogelstimmen. Die Morgensonne legte einen zarten Goldschleier auf das Moor. Er hörte das Glockengebimmel eines Mönchs. Dieser weckte seine Brüder in den Zellen mit einem lateinischen Gruß.

Simon hatte unruhig geschlafen. Die Nebelfetzen des Vortages hatten in seinen Träumen Gestalt angenommen. Schauderhafte Wesen waren auf ihn zugekrochen, Ungeheuer mit glühenden Augen und weit aufgerissenen Mäulern. Wolkenartige Figuren mit fratzenhaften Gesichtern. Die tödlichen Schwaden hatten ihn umtanzt.

An diesem Morgen war er nicht sicher, ob die Begegnung mit Kitty ein Spuk, ein Ausdruck einer überhitzten Fantasie oder Wirklichkeit gewesen war. Viele Fragen schwirrten durch seinen Kopf. Hatte er bloß geträumt? Das alles war doch viel zu unwirklich. Er kaute auf seiner Unterlippe, während er nachdachte. Dann presste er die Hände gegen die pochenden Schläfen. Plötzlich fühlte er die Beule an der Stirn. Sofort erinnerte er sich an die Gruft, an den niederen Zugang. Hier war ein schmerzlicher Beweis für seinen nächtlichen Streifzug durchs Kloster.

Er stand auf, ging zur Kommode und wich den klebrigen, seidig schimmernden Fäden der Spinnennetze aus. Über dem Möbelstück hing ein großer Spiegel mit einem angeschlagenen Rahmen. In einer Ecke war das Glas verzogen, sodass man in ihm seltsam gestreckt erschien. Die Beule wuchs zu doppelter und dreifacher Größe an. Simon grinste und zog einige Grimassen. Das hellblonde Haar hing ihm in Strähnen ins Gesicht. Quer über die Nase verlief eine Narbe, Souvenir einer Rutschpartie auf dem heimischen Treppengeländer, die für den kleinen Tollpatsch in einer Glastür geendet hatte.

Seine vom Vortag nassen Kleider fühlten sich feucht an, gedankenverloren schlüpfte er in das Hemd des Abtes. Als er das Pilgerhaus verließ, läutete die Glocke 33-mal zum Morgengebet. Ein Glockenschlag für jedes Lebensjahr Christi. In der Nähe des Kreuzgangs erblickte er den Pförtner.

„Du musst noch etwas warten. Frühstück ist um acht Uhr. Für die Brüder beginnt gerade die Frühmesse." Kaum zu glauben, sie hatten nicht einmal fünf Stunden geschlafen und schon saßen sie wieder in dieser düsteren Kirche.

„Eigentlich sollte ich jetzt sofort von hier verschwinden", überlegte er. „Ich darf meine Kameraden nicht so lange im Ungewissen lassen. Dieser Bande wird es andererseits nicht schaden, wenn ich sie noch ein wenig zappeln lasse." Ähnliches galt auch für seine Mutter. Die Erleichterung und Wiedersehensfreude würden umso größer sein. „Sie werden alle ziemlich staunen." Er hatte hier ein Abenteuer erlebt, um das man ihn mit Sicherheit beneiden würde.

Simon galt als Einzelgänger, der sich in seiner Fantasiewelt vergrub. Er war nicht das, was in der Gruppe als cool galt. Seine Mitschüler schätzten ihn als „netten Streber", der sie im Mathe-Leistungskurs bereitwillig abschreiben ließ. Im Fußball war er nicht der Star der Mannschaft, sondern verkümmerte im defensiven Mittelfeld. Oft konnte er vor lauter Grübeln nicht einschlafen, was er an diesem Tag wieder alles falsch gemacht haben könnte. Manchmal wünschte er sich, in einen Zaubertrank zu plumpsen, der ihn mit der Gabe ausstattete, von allen geschätzt und anerkannt zu werden.

Die Begegnung mit Kitty ließ ihn allen Kummer wegen seiner Kameraden vergessen. „Das war kein Zufall, dass ich mich gestern verirrt habe und in diesem Kloster gelandet bin", sagte er sich. „Irgendjemand will, dass ich dieses Mädchen kennenlerne. Kitty umgibt ein Geheimnis."
Das hatte er sofort geahnt, als er erstmals in ihre grünen Augen gesehen hatte. Da war dieses Fünkchen Traurigkeit und Bitterkeit in ihrem Blick. Sie wirkte wie ein scheues Rehkitz, das nachts mitten auf der Landstraße von dem Scheinwerferlicht eines herannahenden Autos geblendet wird. Und stehen bleibt und stehen bleibt und sich einfach nicht bewegt.

Die Wasserpflanzen schimmerten grün auf dem Teich, Libellen zogen ihre Kreise und der Duft von 14 Beeten des Kräutergartens lag in der Luft. Hier wuchsen Spitzwegerich, Fenchel, Salbei und Rosmarin. Es gab auch Gemüse, Eier von frei laufenden Hühnern und hausgemachte Säfte. Die Mönche wollten von der Welt außerhalb des

Klosters nicht abhängig sein. Vor dem Pilgerhaus stand ein Zwetschkenbaum, der schwer an seinen Früchten trug. Die aprikosenfarbenen Dahlien mit ihren üppigen Blüten ließen an diesem Morgen noch ihre vom Regen satten Köpfe hängen.

Er blickte sich immer wieder suchend um und überlegte, wo dieser Wirtschaftstrakt sein könnte, von dem Kitty gesprochen hatte. Befand sich die Arbeitsstätte der Frauen vielleicht dort, neben der großen Scheune? Oder gegenüber der Backstube?

Aber es würde ja nicht mehr lange dauern, bis er sie wieder sehen konnte …

Die Sonne blinzelte durch die Pfeiler des Kreuzgangs. Übermütig sprang Simon von Steinplatte zu Steinplatte, am liebsten hätte er Purzelbäume geschlagen. Hier, mitten auf dem harten Steinboden. Ihm war, als schwebte er auf Wolken. Er fühlte einen Zustand nie gekannter Wachheit. Es war ihm noch nie so bewusst, dass er lebte.

Simon konnte nicht ahnen, dass er bereits hilflos in jenes Geflecht aus Zufall und Bestimmung verstrickt war, das Menschen zu einem bestimmten Zeitpunkt unter bestimmten Bedingungen schicksalhaft zusammenführt.

Der Abt gab seinen Segen, die Brüder bekreuzigten sich und nahmen Platz. Das Refektorium, der Speisesaal der Mönche, war ein karger Raum. Die Tische standen in einer langen Reihe, am oberen Ende, erhöht auf einer Treppe, der Tisch des Abtes. Obwohl draußen die Sonne schien, herrschte Dämmerlicht im weiß getünchten Saal.

Simon wurde vom Abt mit einem freundlichen Schulterklopfen begrüßt. Er bat ihn an seinen Tisch, was als hohe Auszeichnung zu verstehen war. Dieser Tisch stand in einer Fensternische, es war der einzige Platz im Speisesaal, an dem gesprochen werden durfte. Ein Mönch trat an ein Pult, öffnete die Bibel und nahm die Lesung während der Mahlzeit vor.

Kitty war nicht hier. Sicher nahm sie ihr Frühstück mit den anderen Frauen in einem eigenen Raum ein. „Sie wird vielleicht hier vorbeikommen", überlegte er, „sie weiß ja, wo sie mich findet." Die Brüder tranken den Kaffee nicht, sie führten ihn mit dicken Holzlöffeln zum Mund. Dazu gab es bloß zwei Scheiben Brot, einige brockten es langsam und bedächtig ein.

„Hast du gut geschlafen?", fragte der Abt mit einem Augenzwinkern.

„Ja. Es war bloß ziemlich kalt in diesem Zimmer."

Der Abt lächelte und schlug mit der flachen Hand gegen die Wand. „Die Kälte steckt in den massiven Steinquadern.

Selbst im Sommer sind die Räume der Abtei nicht einfach angenehm kühl, sondern es schleicht sich immer ein Frösteln tief unter die Haut. Weit mehr Sorgen bereitet uns hier die Feuchtigkeit. Im Fundamentbereich der Kirche ist sie besonders groß und klettert die Wände hoch. Immer wieder müssen wir feuchte Erde unter dem Steinboden abtragen."

Simon musste sofort an Kitty denken. Als sie über die Feuchtigkeit klagte und die fette, ruhelose Ratte unter ihrem Bett.

Plötzlich erschien ein sorgenvoller Ausdruck auf dem Gesicht seines Gastgebers und er musterte Simon mit zusammengekniffenen Augen. „Du hast dich verletzt. Sieht böse aus. Wo ist denn das passiert?"

„Ach, nicht der Rede wert. Ein kleines Missgeschick. Ich bin gestolpert und hingefallen", wiegelte Simon ab und nahm rasch einen Schluck Kaffee.

„Jedenfalls bist du jetzt bald wieder bei deinen Kameraden", spendete der Abt Trost. „Der Bus nach Ashburton fährt in einer Stunde. Bis zur nächsten Ortschaft ist es bloß eine Meile."

Die Mönche musterten Simon mit kühlen, abweisenden Blicken, die Kapuzen tief ins Gesicht gezogen. Sie wirkten traurig und verloren. Viele bewegten die Lippen in stillem Gebet. Ein Greis schob sich das aufgeweichte Brot in den zahnlosen Mund.

Simon betrachtete die Jesusfigur auf der Brust des Abtes. Sie zeigte nicht mehr viel von ihrer ursprünglichen Gestalt. Die vielen Berührungen hatten die Messingfigur abgenutzt wie einen Kiesel in der Strömung des Flusses. Er sah, dass sich die Mönche hin und wieder mit ein paar Fingerzeichen verständigten. Sofort fiel ihm das „Klopf-Alphabet" ein, das ihm Kitty erklärt hatte.

„Ist es nicht verdammt schwer, den ganzen Tag nichts reden zu dürfen?"

„Unser Bemühen besteht darin, im Schweigen und in der Einsamkeit Gott zu finden", antwortete der Abt mit einem Lächeln. „Im Schweigen erfährt der Mönch die Liebe Gottes."

Als Simon sah, wie sich an der Fensterseite zwei Mönche etwas zuflüsterten, war er zufrieden. „Großartig", dachte er, „sie tratschen, sie sind ja wie meine Mitschüler und ich."

Der Abt schien seine Gedanken zu erraten: „Du darfst niemals vergessen, dies ist kein Gefängnis. Wir sind hier, weil wir hier sein wollen."

„Für Kitty ist es sicher kein Gefängnis", überlegte er, „denn sie wohnt ja nicht immer hier." Er konnte es kaum erwarten, dass diese langweilige Mahlzeit beendet war.

„Wo frühstücken eigentlich die anderen Bewohner dieses Klosters?"

„Welche anderen? Es sind hier alle versammelt, es fehlt niemand."

„Ich meine das Mädchen mit den roten Haaren, das mit seiner Mutter hier lebt."

„Mädchen? Mutter?", der Abt lachte einmal hell auf. „Wovon redest du?"

„Ich meine Kitty. Sie war heute Nacht hier. Ich habe sie auf dem Gang in der Nähe des Gästehauses getroffen."

5

DER Abt schüttelte den Kopf. Er rührte so heftig in seinem Kaffee, dass man fürchten musste, der Becher gehe gleich zu Bruch. „Buckfast ist seit jeher ein Männerkloster. Es gibt hier keine Frauen."

Simon schluckte, er griff an den Kragen seines Hemdes, ein dicker Kloß saß plötzlich in seiner Kehle. Seine Blicke schweiften über die Tischreihen des Refektoriums. Er sah von einem verschlossenen Gesicht ins andere und konnte keinen klaren Gedanken fassen. Dann schloss er die Augen und versuchte, diese Totenmasken zu vergessen.

„Du kannst das alles nur geträumt haben", hörte er die Stimme des Abtes wie von weit her, „es gibt keine andere Möglichkeit."

Sollte er von seinem nächtlichen Streifzug erzählen? Simon überlegte kurz.

„Ich kann beweisen, dass Kitty hier war. Sie hat mir das Kloster gezeigt." Er hatte Mühe, seine Stimme fest und entschlossen klingen zu lassen. „Es sind genau 22 Stufen, die hinunter in die Gruft führen. Das zweite Grab in der ersten Reihe des Friedhofs ist ein geheimer Fluchttunnel. Woher sollte ich das alles wissen?"

Wieder schüttelte der Abt den Kopf. Sein Gesichtsausdruck wirkte noch immer bemüht gleichgültig, doch in seiner Stimme war zum ersten Mal Ungeduld spürbar.

„Was du mir erzählst, steht alles in der Broschüre über Buckfast Abbey, die in jedem Gästezimmer liegt."

Ab und zu bewegte er die Lippen und murmelte etwas Unverständliches. Simon spürte, wie eine ungeheure Spannung in seinem Inneren heranwuchs, wie sich der Magen verkrampfte. Trotzig schob er die Unterlippe vor. Er wollte sich von diesem Mann nicht für dumm verkaufen lassen: „In der Kapelle liegt ein Toter aufgebahrt, der heute beerdigt werden soll. Ich weiß sogar, wie er heißt: Bruder Michael. Und das steht garantiert nicht in Ihrer Broschüre."

Er hatte so laut gesprochen, dass es die Mönche an den vorderen Tischen gehört haben mussten. Sie unterbrachen ihre Mahlzeit und hoben die Köpfe.

„Siehst du den alten Mann am Ende des Saales, ganz links. Schau ihn dir genau an. Das ist Bruder Michael. Wie du siehst, erfreut er sich bester Gesundheit."

Simon blickte angestrengt, beobachtete den alten Mann. Doch da war bloß eine gewisse Ähnlichkeit. Der Abstand war einfach zu groß. Vielleicht gab es ja mehrere Mönche, die sich Michael nannten.

„Möglicherweise war es der Mond. Er macht die Menschen verrückt. In einer der letzten Vollmondnächte hat es bei Postbridge einen schweren Verkehrsunfall gegeben, hat ein Pilger berichtet. Oder es hängt damit zusammen, dass du dir den Kopf so heftig angeschlagen hast." Der Abt wirkte noch immer ruhig. Nur das wippende Knie verriet seine Anspannung. Etwas Kaltes, Lauerndes lag nun in seinem Blick.

In Simons Kopf pochte es dröhnend und er konnte keinen klaren Gedanken mehr fassen. Schließlich war es mit seiner Selbstbeherrschung vorbei. „Aber Kitty war wirklich hier!", schrie er plötzlich.

Seine Stimme, schrill vor Ungeduld, hallte von den Wänden wider, pflanzte sich im Gang fort. Ein aufgeregtes Murmeln ging nun durch die Reihe der Mönche, manche bekreuzigten sich. Als sie dann für einen Moment den Blick hoben, sah Simon wie aus Stein gemeißelte Gesichter. Sie unterschieden sich kaum von den Wänden mit ihren kalten Steinquadern.

Der Abt hüllte sich in Schweigen, die Stirn gerunzelt, wodurch sein Gesicht noch düsterer und entschlossener wirkte. Dann meinte er kühl: „Du hast mit deinem wirren Geist Unruhe in unsere Abtei gebracht und dich unserer Gastfreundschaft für nicht würdig erwiesen. Ich wünsche dir auf deinem weiteren Weg Gelassenheit und inneren Frieden. Der Herr, unser Gott, sei mit dir!"

Die karge Mahlzeit war beendet. Die Mönche standen auf, vor der Tür ordneten sie sich zu einer Reihe. Dann bewegten sie sich in langer Prozession hinaus und über den Kreuzgang zum Nordportal in die Kirche. Dort begaben sie sich schweigend ins Chorgestühl.

Auch wenn sie ihrem gewohnten Tagesablauf nachgingen, so war in ihren Gesten und Bewegungen nun ein Zögern und Zweifeln zu erkennen. Zwei Mönche entfernten die Brotkrümel von den Tischen und reinigten sie anschließend mit feuchten Tüchern.

Der Abt erhob sich und verließ den Speisesaal. Simon griff nach seinem Rucksack und folgte ihm. Es waren nur wenige Schritte bis zum Klosterportal. Der Pförtner war seine letzte Chance, doch noch Licht in die Sache zu bringen.

„Was wissen Sie über Kitty, das Mädchen, das heute Nacht hier im Kloster war?"

Er war fast sicher, dass er von diesem Mann ebenso eine Abfuhr bekommen würde wie vom Abt. Doch zu seiner Überraschung hielt der Pförtner inne und meinte zögernd: „Kitty? Sie war hier? Du hast sie gesehen?"

„Sie stand gegen Mitternacht plötzlich vor meiner Tür." Simon vermied es, seinen nächtlichen Streifzug durchs Kloster zu erwähnen.

„Es hat hier tatsächlich einmal eine Kitty gegeben. Kitty Jay, sie kam aus Manaton. Aber das ist sehr lange her. Ich weiß es nur aus den Erzählungen des früheren, inzwischen verstorbenen Pförtners." Wieder zauderte er etwas, so als schwanke er, wie weit er Simon in sein Vertrauen ziehen dürfe. „Dieses Mädchen hat im Kloster Hilfe gesucht, ist aber abgewiesen worden. Seither ist Kitty …" Er sah, dass sich der Abt der Treppe zur Bibliothek näherte und wandte sich rasch ab. „Ich darf nicht darüber sprechen. Es ist ein schreckliches Schicksal. Geh jetzt, geh! Der Herr sei mit dir."

Simon wollte sich bedanken. Plötzlich liefen auf dem nahen Kreuzgang einige Mönche zusammen, sie gestikulierten heftig. Dort lag jemand auf dem Steinboden und versuchte mühsam, sich wieder aufzurichten. Der Pförtner reckte den Hals.

„Es ist Bruder Patrick. Das Krankenhaus wird ihm wohl nicht erspart bleiben."

Im Kreuzgang lag der Mönch, der vergangene Nacht mit dem Stock Klopfzeichen gegeben und von dem Kitty gemeint hatte, er sei schwer krank.

Simon machte sich auf den Weg. Das Kloster lag kaum hinter ihm, da glaubte er, bohrende Blicke im Rücken zu fühlen. Als er sich umdrehte, stand der Abt an einem Fenster im ersten Stock und blickte ihm nach.

Die Sicht war nahezu ungetrübt. An diesem Morgen konnte er alle Einzelheiten der Umgebung erkennen. Von einer Straße war aber weit und breit nichts zu sehen.

Er folgte einfach dem Bach. Der würde ihn zur nächsten Ortschaft bringen.

Der Gedanke war lächerlich, bei Kitty würde es sich um einen Geist handeln. Ein Geist, der während des Tages wieder in sein Grab zurückkehren musste. Simon blieb in einiger Entfernung von den Mauern stehen.

Der Efeu, der an vielen Stellen wucherte, sah aus wie eine bizarre, von gewaltigen Adern durchzogene riesige Hand, die aus dem Boden hervorgebrochen war, um diese Trutzburg zu packen. Die schießschartenähnlich verengten Fenster und die hohen Sandsteinmauern kündeten von Abwehrbereitschaft. Mit den engen Gängen und schwarzen Türen aus Eisen wirkte dieses Kloster wie eine klotzige, antike Festung.

Buckfast Abbey erschien ihm nun doppelt so groß und unheimlich und von seinen Mauern fühlte er eine düstere Macht ausgehen. Simon kniff die Augen zusammen und versuchte zu denken. Das konnte doch alles nicht wahr sein! Sollte wirklich alles, was er in der vergangenen Nacht gehört und gesehen hatte, nur eine Halluzination gewesen sein?

6

SIMON betrachtete einen schmalen Wolkenstreifen am
Horizont. Er fühlte sich müde und grenzenlos traurig.
In ihm war völlige Leere. Sollte er in der kommenden
Nacht zu diesem Kloster zurückkehren? Würde sich Kitty
wieder zeigen? Doch die hohen Mauern waren nicht zu
überwinden. Und der Pförtner würde ihn nicht einlassen.

Vor allem dieser eine Gedanke beunruhigte ihn: „Ich
bin verrückt. Ich träume. Ich denke mir dieses Abenteuer
doch nur aus." Es machte ihm Angst, wie ihm offenbar
die Kontrolle über sein Denken entglitt. Doch er wollte
weder glauben, dass er an plötzlichen Hirngespinsten litt,
noch dass ein Wesen aus einer anderen Welt in sein Leben
gedrungen war.

Das nächste Dorf hieß Buckfastleigh und er sah sofort
die Bushaltestelle. Es war ein hübscher Ort. Einige der
Häuser an der Hauptstraße waren aus roten Backsteinen
gebaut, andere aus buntem Holz. Die hellen Sandsteinfas-
saden badeten in Licht und Wärme. Blauregen wucherte
an einigen Häusern bis zur Dachrinne hoch. Das stete
Rauschen des Baches, der sich durch eine Wiese schlän-
gelte, war das einzige Geräusch, das man hier hörte. Die
Weizenfelder ringsum lagen in hellem, wie Glimmer
gleißendem Sonnenlicht des frühen Tages.

Dort war eine von diesen Orientierungstafeln, die er in den vergangenen Tagen schon mehrmals im Moor gesehen hatte. Ashburton lag von hier ungefähr fünf Meilen entfernt. Plötzlich fielen ihm wieder die Worte des Pförtners ein: Kitty Jay aus Manaton. Dieses Dorf gab es also tatsächlich, er entdeckte es nördlich von Ashburton.

Und hatte nicht auch Kitty erwähnt, dass sie von dort komme? Etwas war in ihm, hatte von ihm Besitz ergriffen, das ihm sagte, dass die Lösung des Rätsels im Dorf Manaton zu finden war. Der Bus näherte sich.

„Wenn ich jetzt zu den anderen zurückkehre, wird mich dieses Rätsel immer verfolgen", dachte er. „Ich werde nie mehr Ruhe finden. Ich muss alles über Kitty Jay wissen. Die Lösung kann ich nur hier, im Moor, finden." Es war, als würde ihn eine innere Stimme dazu drängen. Der Bus hielt, die Türen öffneten sich. Simon stand wie erstarrt da, unfähig sich zu rühren, festgehalten von einer geheimnisvollen Kraft.

Der Fahrer warf noch einen fragenden Blick auf ihn, zuckte mit den Schultern und schloss die Tür. Der Bus nach Ashburton fuhr ab. Er ließ eine stinkende schwarze Wolke hinter sich. Simon blickte ihm nach, bis er hinter einer Wegbiegung verschwunden war. Es schien, als ob er alle Brücken zu seinem bisherigen Leben abgebrochen hätte.

Wieder starrte er auf die Orientierungstafel. Von hier war es eine fast gerade Linie, die nach Manaton führte.

Er musste beständig nach Norden marschieren. Dabei musste er Acht geben, dass er Ashburton, das auf dem Weg lag, nicht zu nahe kam. Nach rund sechs, sieben Meilen würde er auf ein ausgedehntes Waldstück, Ausewell Wood, stoßen.

Simons Verzweiflung wich einer wilden Entschlossenheit. Seine Ausrüstung bestand aus wetterfester Kleidung, einem Schlafsack, Kompass, Messer und einem Fernglas. Er konnte gut von dem leben, was der Wald und das Moor hergaben: Pilze, Früchte, Farne und Wurzeln. Schließlich hatte er im Vorjahr ein Überlebenstraining absolviert.

Als er losmarschierte, spürte er den frischen Westwind im Gesicht. Schwäne glitten auf einem Teich. Immer wieder schaute er über die Schulter zurück, um sich zu vergewissern, dass ihm niemand folgte. Dann dehnte sich das weite Moor vor ihm aus.

Nach drei Tagen würden sie die Suche nach ihm einstellen. Kaum anzunehmen, dass sie bei diesem Kloster fragen würden, ob er hier vorbeigekommen sei. Das Moor forderte ständig Opfer. Seit gestern galt er als vermisst. Er war nicht ganz tot. Aber auch nicht mehr ganz lebendig.

Es war eine Landschaft von schauriger Schönheit, die Simon erkundete. Gelber Ginster, Torfmoos, Erika und violettes Heidekraut färbten die Landschaft. Gräser glänzten im Tau wie Silber. Begleitet von Schafgeblöke, staunte er über 4.000 Jahre alte Steinkreise. Auf den Höhen ragten Steintürme aus Granit, die Tors, empor, entstanden vor Millionen Jahren. Diese karge, wilde und einsame Gegend begann ihn immer tiefer zu beeindrucken.

Die Sonne war bald so stark, dass er seine Jacke im Rucksack verstaute. Ein Mann und eine Frau näherten sich. Er merkte, wie sie die Köpfe zusammensteckten und immer wieder angestrengt in seine Richtung blickten. Es war zu spät, um auszuweichen. Beim Näherkommen sah er, dass sie ein kleines Kind trugen. Der Bub saß auf den Schultern seines Vaters und hielt sich an dessen blondem Haarschopf fest.

„Bist du der Junge, nach dem sie suchen?" Das Kind auf den Schultern schaute mit großen dunklen Augen auf ihn herab.

„Nein, es ist alles okay."

„Und du weißt auch nichts davon, dass jemand vermisst wird?" Die Sonne blendete das Gesicht des Mannes. Er streckte ihr eine Hand abwehrend entgegen.

„Nein, keine Ahnung, wer das sein soll."

„Wir haben Park-Ranger getroffen", schaltete sich die Frau aufgeregt ein. „Bei Postbridge ist eine große Suchaktion im Gange. Es soll ein Junge aus einer Pfadfindergruppe sein. Halte die Augen offen, vielleicht siehst du den Burschen. Hoffentlich geht die Sache gut aus."

„Ja, das hoffe ich auch."

Ein Glück, dass er noch immer das Hemd des Abts trug. In der Pfadfinderuniform wäre er sofort aufgeflogen. Ganz sicher hatten die beiden ein Handy dabei. Er musste ab nun die Touristenpfade durchs Moor meiden. Bei guter Sicht war es nicht schwierig, sich mit dem Kompass zu orientieren. Es war auch kein Problem, bei Tageslicht den sumpfigen Stellen auszuweichen.

Um die Mittagszeit wurde es drückend heiß. Der Dunstschleier über den Hügeln, fein wie ein schimmerndes Seidentuch, verhinderte jedoch eine klare Sicht. Auch die Sonne vermochte ihn nicht aufzulösen. Simon genoss die vielen Brombeeren am Weg, das klare Wasser der zahlreichen Quellen erfrischte ihn. Er hatte im Gelände auch immer Trockenobst dabei. Ein Tipp von seinem Survivalkurs. Das half gegen den Durst.

Dann legte er sich in eine Mulde und hielt kurz Rast. Der Pförtner wusste ohne Zweifel mehr, als er ihm anvertraut hatte. Wie waren seine Worte zu verstehen, es habe „vor langer Zeit" tatsächlich ein Mädchen namens Kitty Jay gegeben? Dabei konnte es sich nicht um dieselbe Person handeln, die er gestern getroffen hatte. Vielleicht war Kitty eine Nachfahrin dieses Mädchens „mit dem schrecklichen Schicksal". Aber wie war es ihr gelungen, in dieses Kloster einzudringen? Und vor allem: Was wollte sie dort?

Bei dem plötzlichen Zusammentreffen auf dem Gang

hatte sie sehr irritiert gewirkt und ihm rasch eine erfundene Geschichte aufgetischt. Was hatte sie tatsächlich vor?

Viele Fragen schwirrten in seinem Kopf herum.

Er beobachtete ein Flugzeug. Es glitzerte in seiner starr eingehaltenen Bahn. Sein Lehrer hatte einmal zu seiner Mutter gemeint, der Junge sitze manchmal verloren da und starre wie in eine andere Welt. Daran musste er denken, als er sah, wie sich der kräftige weiße Kondensstreifen nach und nach im Blau des Himmels verlor.

Viele sahen ihn als Eigenbrötler, der seine Gedanken, Wünsche und Ängste meist nur seinem Tagebuch anvertraute. Oft hatte er heulend aus dem Zeltlager angerufen, als die Kameraden wieder einmal seinen Rucksack für ihn unerreichbar in den Baum gehängt hatten.

Noch vor drei Jahren hatte er sich die Sympathie seiner Mitschüler mit kleinen Geschenken wie Süßigkeiten und Kaugummis erkaufen wollen. Das war ganz schön dumm gewesen. Sie hatten seine Geschenke genommen und ihn nur noch mehr ausgelacht. Und ihr lautstarkes Spotten war auch nicht verstummt. Oft wäre er am liebsten unsichtbar gewesen.

Damals ging er am liebsten in den Zoo, zu Buddy, dem Gorilla. Den liebte er, weil der so stark war. Aber er lernte, sich in der Gruppe zu behaupten. Und merkte, dass er in seiner abgekapselten Welt nicht weit kam.

Im Unterricht gab es immer wieder Momente, wo sein wacher Geist aufblitzte, obwohl er zumeist unkonzentriert und gelangweilt wirkte. Die Mitschüler waren beeindruckt, als er einmal im Mathe-Unterricht aufstand, forsch an die Tafel schritt und dem Lehrer nachwies, dass er sich gerade verrechnet hatte. Immer wieder verblüffte er seine Umgebung durch Pfiffigkeit und rasche Auffassungsgabe.

Simon verbrachte jede freie Minute in der Natur. Manchmal kam er zu Lukas, der in derselben Straße wohnte, und half ihm bei Mathe-Aufgaben. Der saß von früh bis spät vor dem Computer. In einer Ecke des Wohnzimmers stand sein Rechner, vor ihm hockte Lukas oft den ganzen Tag, in seiner typischen Haltung, die Schultern hingen leicht nach vorn. Simon schien es, dass er am Computer hing wie an einem Tropf, der ihn am Leben erhielt.

Als er sich wieder auf den Weg machte, wehte der Wind kräftig und zwirbelte die Mähnen der Ponys, die in der Nähe eines Tors grasten. Die Felsen leuchteten grell unter dem betäubenden Blau des Himmels. Eine salzige Brise trug den Geruch des Atlantiks heran. Die halbwilden Ponys wurden mit ihren geringen Trittflächen immer wieder Opfer des Moors, das Mensch und Tier schmatzend verschluckte. Die störrischen Tiere pflanzten sich oft mitten auf der Straße auf und waren nicht zu bewegen, die Fahrbahn freizugeben. Oft musste man ihnen einen kräftigen Schubs verpassen.

Plötzlich dachte er an den Jungen auf den Schultern seines Vaters, der ihm am Morgen begegnet war. Der Anblick hatte bei ihm dieses warme, wohlige Gefühl der Geborgenheit wachgerufen. Sein eigener Vater war für ihn verschwunden, als er sieben war. In seinem Herzen trug er eine Erinnerung: Er war sechs, sein Vater saß mit ihm im Wohnzimmer und sie bastelten gemeinsam einen Drachen mit vielen Quasten am langen Schwanz. Manchmal stellte er sich vor: Der große starke Papa, der auftaucht, nach all den Jahren, und sagt, ich habe dich vermisst. Er war auf einmal nicht mehr da – als hätte es ihn nie gegeben.

7

DER Abt blickte aus dem Fenster zum Friedhof.

Soeben hatten die Mönche Bruder Michael beerdigt.

Es war ein würdiges Begräbnis gewesen. Sie hatten ihn an seiner Kutte auf ein Holzbrett genagelt und mit Seilen in die Grube hinabgelassen. Der kleine Friedhof war erfüllt gewesen vom monotonen Gemurmel der Mönche, die – begleitet von den ersten Sonnenstrahlen – das Totengebet rezitiert hatten.

„Es kann keinen Zweifel geben, dass seine Geschichte stimmt", meinte der Klostervorsteher zu Bruder Raphael, dem Pförtner. „Ich hätte es wissen müssen. Es war abzusehen, dass sie eines Tages zurückkehren wird."

„Und es kann natürlich kein Zufall sein, dass sie ausgerechnet am Todestag von Bruder Michael hier auftaucht", entgegnete der Pförtner.

Unruhig schritt der Abt in seiner Zelle auf und ab. Er sprach laut und rang nach Worten. „Wir kennen dieses außergewöhnliche Phänomen: Jemand stirbt, ist jedoch noch nicht für den Himmel bereit, ist noch an die Erde gebunden."

„Sie sprechen von einer bedauernswerten Seele, die keine Ruhe findet, bevor sie eine letzte Aufgabe erfüllt hat."

„So ist es. Kitty Jays Rückkehr an diesen Ort folgt einem

göttlichen Plan. Aber ich wollte nicht, dass unser Kloster ins Gerede kommt. Hier ist kein Ort für Sensationen. Deshalb habe ich gegenüber dem Jungen alles abgestritten und ins Reich der Fantasie verwiesen."

Es war nicht die erste wundersame Erscheinung, die sich in diesem Kloster am Rande des Moors zugetragen hatte. Kitty Jays Rückkehr hatte mit der Vergangenheit von Buckfast Abbey zu tun. Einer äußerst grausamen Vergangenheit.

Nach seiner Trennung von der römischen Kirche beschlagnahmte der englische König Heinrich VIII. auch die Klöster im Lande – nicht nur weil sie katholisch, sondern eher weil sie wohlhabend und mächtig waren. Im 16. Jahrhundert zerstörte er diesen Besitz des Papstes in England und zog die Reichtümer der Klöster ein. Mönche, die sich widersetzten, ließ er hängen oder vierteilen, 70.000 Menschen starben. Wer Heinrich, der zwei seiner sechs Frauen köpfen ließ, widersprach, widersprach Gott.

Der Abt blickte gedankenverloren auf den Friedhof und das Grab mit dem mittelalterlichen Fluchttunnel. Als die Soldaten Heinrichs VIII. nach Buckfast Abbey gekommen waren, hatten die Mönche versucht, durch diesen Geheimgang zu entkommen. Doch die Tunnel waren durch einen Wassereinbruch unbenutzbar geworden und an einigen Stellen eingestürzt.

Der damalige Abt hatte sich der marodierenden Truppe mit einer Bibel unter dem Arm in den Weg gestellt und erklärt, dass in diesem Kloster, das sich einem Leben in Armut verschrieben hat, nichts zu holen sei und sie diesen heiligen Ort im Namen Christi verschonen mögen.

Er war von den Soldaten augenblicklich getötet worden. Sie hatten die Mönche in der Kirche zusammengetrieben und das Gotteshaus aus Wut gebrandschatzt, da in diesem Bettelkloster keine goldene Monstranz, nicht einmal ein silberner Kelch zu holen war.

Die 72 todgeweihten Mönche hatten sich in ihrer Todesstunde um den Altar versammelt und gebetet, bis sie durch den starken Rauch das Bewusstsein verloren und ein Opfer der Flammen geworden waren. Sie hatten auch für ihre Mörder gebetet und Erbarmen für sie erfleht.

Sie waren qualvoll gestorben, waren ausgelöscht. Doch sie hatten immer wieder geheime Zeichen gesandt, dieses Kloster nie verlassen zu haben, obwohl ihre Seelen zum Himmel aufgestiegen waren. Die Kraft ihrer Gebete im Angesicht des Todes war so stark gewesen, dass diese Energie im Laufe der Jahrhunderte nie verloren gegangen war und Spuren ihrer Persönlichkeit für immer in diesen Klostermauern steckten. Seither war es in den folgenden Jahrhunderten immer wieder zu wundersamen Erscheinungen gekommen.

„Kitty Jay ist seit 70 Jahren tot", rechnete der Abt nach. „Ich weiß nicht mehr, wann ich von diesem verhängnisvollen Vorfall in Manaton erstmals gehört habe. Dass sie hier in diesem Kloster Schutz gesucht hat, habe ich von meinem Vorgänger, Abt Gregor, erfahren. Nicht nur unser Kloster hat damals keineswegs im Namen der Liebe gehandelt. Auch die Kirche in Manaton hat Schuld auf sich geladen."

„In Manaton wird es kaum mehr Zeugen der damaligen Geschehnisse geben", meinte Bruder Raphael. „Der Vorfall hat sich schließlich vor sieben Jahrzehnten ereignet."

„Diese Zeitspanne spielt keine Rolle bei Gott. Er straft Sünder und Frevler bis in die dritte Generation. Die Bewohner von Manaton haben dies schmerzlich erfahren müssen."

Der Abt trat ans Fenster, blickte aufs Moor und suchte nach einer Antwort auf die Frage, was geschehen müsste. „Wir werden einige Messen für Kitty Jay feiern. Unsere Gebete werden helfen, dass sie befreit wird von allen irdischen Bindungen und Erlösung findet. Wir werden seine göttliche Güte erflehen, dass er ihre Seele aufnehmen möge."

„Unser Gott in seiner Gnade wird sie nicht zurückweisen", entgegnete der Pförtner, „somit wird auch der Ort Manaton Erlösung finden. Selbstverständlich werden wir auch für den Jungen beten, damit er Frieden findet in der Welt. Wo ist der Junge jetzt?"

„In Ashburton, dort trifft er seine Kameraden", meinte der Abt und blickte auf die große Standuhr. „Der Bus ist vor drei Stunden abgefahren. Er müsste inzwischen längst dort sein."

„Er wird das Erlebte kaum bewältigen können, hochwürdiger Abt. Er ist für sein Alter überfordert. Jemand muss ihm helfen. Diese Begegnung mit dem Mädchen kann seinen weiteren Lebensweg beeinflussen."

„Natürlich, ich hätte diesen Jungen nicht so einfach von hier fortgehen lassen dürfen. Man muss ihm die Wahrheit über Kitty Jay sagen."

„Auch über Bruder Michael?"

Der Abt stockte, dann meinte er entschlossen: „Selbstverständlich. Auch wenn diese Wahrheit schmerzlich ist. Bruder Michael hat sein Leben in Liebe und Buße verbracht."

Der Pförtner blickte zum Friedhof, verschämt fuhr er sich über die Wange. Der Abt wirkte mit einem Mal gelöst und atmete befreit auf, als wäre eine schwere Last von ihm gefallen. „Bruder Raphael, es gibt eine Möglichkeit, an den Jungen heranzukommen, ohne dass wir gegen das Regelwerk unseres Klosters verstoßen. Ich denke, dass ich eine gute Lösung gefunden habe."

8

JEDER seiner Schritte erzeugte ein verdächtig glucksendes Geräusch, immer wieder tappte er in einen bog, einen Morast, hinein. Der bog war die düstere Gefahrenzone des Moores. Eine tödliche Falle für Menschen, Ponys und Schafe. Er bestand nur aus saurem Gras und ein paar Heidebüscheln. Kleine Inseln gaukelten dem Fuß des Wanderers trügerische Sicherheit vor. In regenreichen Zeiten waren sie vollgesogen wie Schwämme, nasse Inseln auf gurgelndem Untergrund.

Nach etwa zwei Stunden musste Simon wieder einen Touristenpfad kreuzen und sah schon von weitem einen einsamen Wanderer. Er ging gebeugt wie jemand, dem seine Größe von fast zwei Metern selbst unheimlich war. Seine langen dürren Beine steckten in schweren Wanderstiefeln, auf seinem Kopf eine umgedrehte Schirmmütze.

Am Rande des Pfads befand sich eine Informationstafel über Moorleichen. Die Tafel stand nicht weit von der Stelle, wo man im Mittelalter Menschen hingerichtet hatte: Kriminelle, Feiglinge, Deserteure und vermeintliche Hexen waren bei lebendigem Leib in den Sumpf geworfen worden. In den letzten Jahrhunderten hatte sich im Moor Grauenerregendes und Geheimnisvolles ereignet: Exekutionen, Menschenopfer, Ritualmorde; Dartmoor war ein einziges riesiges Grab.

Laboruntersuchungen machten deutlich, wie manche Opfer ums Leben kamen. Bei vielen Leichen entdeckte man Stichkanäle in der Wirbelsäule. Zertrümmerte Schädel und Verletzungen an den Rippen der Toten ließen auf tätliche Angriffe schließen. Moorleichen ohne Hände wiesen auf abgeurteilte Diebe hin, mit denen im Mittelalter nicht zimperlich umgegangen wurde.

Es war inzwischen später Nachmittag geworden. Mehr als zwei Stunden stolperte Simon an Bächen entlang. Immer wieder zwang ihn morastiges Gelände dazu, weite Bögen über die Heideflächen zu schlagen. Das kostete Zeit. Die von der sinkenden Sonne überstrahlte Landschaft war märchenhaft schön. Die Hügel im Osten waren bereits in ein zartviolettes Licht getaucht. Schon aus weiter Ferne sah er die dichten Baumreihen im Norden. Das musste Ausewell Wood sein, das Waldstück vor Widecombe-in-the-Moor, rund sieben Meilen von seinem Ziel entfernt. „Ich werde Manaton heute nicht mehr erreichen", dachte er. „Es könnte sein, dass es dunkel wird und ich suche immer noch nach einem Weg durchs Moor. Dann wird es mir ähnlich gehen wie gestern. Das Risiko ist zu groß. Ich werde mir in Ausewell Wood einen Platz zum Schlafen suchen und gleich am Morgen nach Manaton aufbrechen.

Die Hitze des Sommertages hatte sich nun zu einer lauen Abendwärme abgekühlt. Der Wald hüllte ihn ein wie eine kuschelige Decke. Er hörte das vertraute Knirschen der Nadeln unter seinen Füßen und fühlte sich befreit und geborgen. Zu Hause verschwand er oft stundenlang in den Wäldern, beobachtete Tiere, kam mit schlammigen Wasserproben für sein Mikroskop nach Hause.

Im Survivaltraining hatte er gelernt mit dem auszukommen, was man im Wald und im Gelände vorfand. Er konnte Feuer ohne Streichhölzer machen, ein Notlager errichten, hatte Erfahrung im Spurenlesen, Bogenbau und in der Knotenkunde. Er war bereit, der Wildnis die Stirn zu bieten.

Mit jedem Atemzug konnte er den kalten erdigen Duft des Waldes schmecken. Dann schloss sich das Dickicht über Simon. Ihm war, als bewegte er sich durch einen endlos langen Tunnel. Neben ihm braunes, sumpfiges Wasser. Unter ihm moderndes Laub, Äste, Stämme, manchmal auch huschende Schatten darin. Über ihm ein verfilztes Dach. Grün in allen Schattierungen, fast bis ins Schwarz.

Krüppelkiefern und Birken reckten ihre silbrig-bleichen Äste wie mahnende Zeigefinger des Untergangs in den Himmel. Plötzlich stand er vor einem Gewirr von umgestürzten Baumstämmen, als ob ein Riese Mikado gespielt hätte. Aber die Toten waren voller Leben. Pilze, Flechten, Moose und vielerlei Insekten hatten die Stämme besiedelt.

Er ging wie in Trance weiter. Dann, mit einem Male, trat er aus dem düsteren Halbdunkel heraus, das

Sonnenlicht schlug ihm wie ein Blitzstrahl in die Augen.

In der Mitte des Waldes befand sich ein kleiner See, zwischen tiefblau und schwarz, voller Totholz und voll von schlingendem und schwebendem Gewebe. Er wusste, dass es nicht ratsam war, hier ein Bad zu nehmen. Man konnte sich in dem Gewirr unter der Wasseroberfläche leicht verfangen.

Der sumpfig-feuchte Boden erschwerte ihm den Weg. Immer wieder sank er bis zu den Knöcheln ein. Er musste an die Geschichte vom Goldgräber im Amazonasgebiet denken. Der Mann irrte durch den Regenwald, die Luft war stickig und feucht. Im Dickicht lauerten Riesenschlangen. Ein falscher Schritt und schon zog ihn die zähe, trübe Masse in die Tiefe. Er drohte im Schlamm zu versinken. Bald steckte er bis zu den Hüften im Morast.

Der Goldgräber bekam Krämpfe wegen des kalten Schlamms und schließlich Panik, weil er sich wie einbetoniert fühlte. Verzweifelt griff er nach dem Ast über seinem Kopf, doch er konnte ihn bloß noch mit den Fingerspitzen berühren. Er wusste, dass es vorbei war, dass es kein Entrinnen gab. Plötzlich kam ihm die rettende Idee. Er riss sich den Gürtel von der Hose, warf ihn über den Ast und zog sich an den Enden aus dem Schlamassel.

Schwer zu sagen, wann der Tag aufhörte und der Abend begann. Denn der Wald hier konnte finster sein, schon am Nachmittag. Selten wurde es richtig hell in diesem schwermütigen Forst, durch den die Dunkelheit kroch wie ein giftiges Reptil. Hier, im dichten Gestrüpp und Wildwuchs der Bäume, war ein Ausbrecher der nahen Strafanstalt von Princetown, dem brüchtigten Dartmoor Prison, viele Monate unentdeckt geblieben. Simon nahm den Rucksack von den Schultern und rollte den Schlafsack neben zwei Kiefern im weichen Moos aus. Sein Abendessen bestand aus einem köstlichen Mix aus Löwenzahn-Wurzeln, Brennnesseln und Kiefernadeln, er ritzte eine Birke an und genoss den leicht süßlichen Saft. Als er zum Waldrand zurückkehrte, hatte die Sonne nur noch einen verschwommenen Streifen am Horizont hinterlassen, der Himmel nahm bereits eine lila Farbe an, die der Dunkelheit vorausging.

Im Moor begrüßte ein Froschkonzert die Nacht. Irgendwo rief ein Käuzchen, Fledermäuse zuckten über den Abendhimmel, im Osten flackerten kleine Sterne. Hinter den Hügeln erschien ein schwaches, weißes Strahlen. Von irgendwoher drang das ferne Bellen von Hunden, als hätte das seltsame Licht böse Geister geweckt.

Vielleicht brauchte er bloß zu warten, bis die Nacht angebrochen war. Eine beharrliche Stimme in seinem Kopf sagte ihm, dass er der Lösung des Rätsels ganz nahe war.

Kitty würde sich ihm zu erkennen geben. Sie konnte ihn mit all seinen Fragen, Ängsten und Gefühlen unmöglich im Stich lassen. Schließlich hatte sie ihn in diese Situation gebracht. Sie würde ihm in den nächsten Stunden ganz sicher ein Zeichen geben.

Simon horchte angestrengt in die Dunkelheit. Weit und breit kein Geräusch. In der Nähe gab es weder eine Ortschaft noch eine belebte Verkehrsstraße, die durchs Moor führte. Das Schieferdach eines einsamen Bauerngehöfts glänzte in der Ferne wie Edelstahl, das hohe, reife Gras wogte wie Seide. Ein Pony stand, zur Statue erstarrt, auf einer Anhöhe.

Unter seiner Ferse knackte ein Zweig, das klang scharf und laut wie die Kugel eines Heckenschützen. Rasch suchte er Deckung hinter einem Baumstamm. Dort schlich jemand durchs Moor. Die Gestalten glichen verwaschenen Schemen. Es war, wie wenn Jäger sich im Wald so vorsichtig und geräuschlos wie möglich verhalten, um nicht durch ein plötzliches Geräusch oder eine unachtsame Bewegung das sich nähernde Wild zu vergrämen. Er hörte gedämpfte Stimmen, aber ihr Laut ging in dem Dröhnen seines Kopfes unter.

Die Männer verschwanden so schnell, wie sie aufgetaucht waren, es waren bloß Minuten, dann war es wieder still, die Frösche quakten.

Er glaubte gehört zu haben, wie jemand sagte: „Lasst jetzt die Hunde los!"

9

DIE Nacht war mild, klar, still. Der Mond tauchte das Moor
in weiches Licht. Einen verrückten Augenblick lang hatte
er sich vorgestellt, dass unter den Männern auch sein Vater
war, der nach ihm suchte.

Es war an einem wolkenverhangenen Montag geschehen. Die Polizei hatte damals seine Mutter im Büro erreicht. Auf der Intensivstation war ein Arzt auf sie zugetre-
ten: „Frau Gerard, ihr Mann ist verstorben. Ich habe nichts
mehr für ihn tun können."

Seit diesem Tag hatte er etwas vermisst, was er fast
nie gekannt und andere Kinder meist selbstverständlich
hatten: einen Vater, ein männliches Vorbild. Mehr als die
schon sacht zerlaufende Erinnerung schien für ihn nicht
vorgesehen zu sein. Doch seine Mutter hatte ihm niemals
die ganze Wahrheit über diesen Verkehrsunfall gesagt und
ihm ein wichtiges Detail verschwiegen. An diesem Tag ...

Plötzlich begann es am Horizont zu dröhnen, ein Knat-
tern wurde laut, das rasch anschwoll. Simon duckte sich,
das brüllende Ungetüm schien direkt auf ihn zuzurasen,
vom Himmel auf ihn herabzustürzen. Jäh durchschnitt der
mächtige Balken eines Suchscheinwerfers die schwarze
Nacht. Der Strahl schoss über ihn hinweg. Er sah, wie sich
die Halme unter dem Druck der von den Rotorblättern zu

Boden gepressten Luft neigten. In halsbrecherischen Manövern kurvte die Maschine zwischen den Hügeln wie ein zorniges Insekt.

Erst nach einer Weile wagte er sich hinter seiner Deckung hervor. Das bedrohliche Röhren des Hubschraubers lag noch in der Luft, als er den Waldrand mit zitternden Knien verließ und zu seinem Schlafsack zurückkehrte. Sollte er aufgeben, sich stellen? Er wollte diese eine Nacht noch abwarten. Morgen würde er in Manaton sicher auf eine Spur von Kitty stoßen. All seine Hoffnungen ruhten auf diesem Dorf im Moor.

Das Gefühl der Einsamkeit wuchs, nie war er so allein gewesen wie jetzt, niemals so abgeschnitten von der Welt. Er hatte Angst vor der Finsternis. Plötzlich wirkte er, als hätte er sich in diesen Wald, in diese Welt verirrt. Ausgeliefert und hilflos. Er sah aus wie ein aus dem Nest gepurzelter Vogel. Zart, zerzaust und hilfsbedürftig.

Simon glaubte plötzlich, das Hallen von Schritten im Kreuzgang zu hören. Er sah die Mönche vor sich, wie sie aus dem dunklen Untergrund des Mauerwerks bleich hervortraten und mit ihrem leisen, eindringlichen Gesang begannen. Zuerst klang es wie hohles Wimmern, dann wurde daraus ein lautes Klagen.

Dann vermeinte er, Stimmen zu hören, einzelne Worte, die sich in sein Gehirn eingebohrt hatten. Selbst das

Pfeifen und Quieken der Ratten klang noch jetzt in seinen Ohren.

Da war plötzlich eine Flut von Lauten und Bildern, die ihn schier überwältigten. Die Totenschädel in der Gruft, die dröhnenden Klopfzeichen. Kitty horchend auf der Treppe. Kittys Augen.

Aus diesen grünen Augen sprach eine fast kindliche Unbekümmertheit, eine große Warmherzigkeit ging von Kitty aus. Doch ihr Gesichtsausdruck konnte blitzschnell umschlagen. Wenn die Fröhlichkeit aus ihren Augen wich, wurde der Blick jäh auf den Grund einer zutiefst verletzten Seele freigegeben. Da war so etwas merkwürdig Durchsichtiges an ihr, man sah ihre Seele in den Augen.

Vieles, was gestern um Mitternacht geschehen war, konnte er sich nicht erklären. Der Regen schien ihr nichts anzuhaben. Ihr Haar und ihr Kleid waren nicht nass geworden und keine Wasserbahnen waren über ihr Gesicht gelaufen. Oft war es ihm erschienen, als würden ihre Füße den Boden nicht berühren. Das weiße, knöchellange Kleid hatte wie ein Totengewand gewirkt. War es Täuschung gewesen oder hatte ihre zierliche Gestalt mitunter keinen Schatten geworfen? Und warum hatte die schwarze Katze Kitty so wütend angefaucht?

Immer wieder musste er auch an diese blutunterlaufene, gefleckte Halspartie denken, man konnte fast annehmen, es seien Würgemale. Oft hatte er den Eindruck, sie würde mit der Kette und dem Medaillon spielen, um diese Verletzungen zu verdecken. Ihre Finger waren rissig und faltig wie die einer alten Frau.

Kitty war ein Mädchen, von dem er fast nichts wusste, außer, dass es unglaublich kribbelte, wenn es in der Nähe war. Irgendwie hatte das bisher nicht so mit den Mädchen geklappt. Irgendwie fanden ihn auch alle nett, aber eben nur irgendwie. Er schmachtete sie nur aus der Ferne an.

Einmal hatte er Laura aus seiner Klasse geholfen. Auf ihrem Platz war nach der Pause eine Todesanzeige mit ihrem Foto und dem Spruch „Mit Freude nimmt unsere Klasse Abschied" aufgetaucht. Ein mehr als übler Scherz der Clique um David. Laura war völlig zerstört und in Tränen aufgelöst gewesen. Er hatte diese Todesanzeige zum Klassenvorstand gebracht, weil er überzeugt war, dass hier eine Grenze überschritten worden war. Die Rache der „Scherzbolde" um David war ihm gewiss gewesen. Laura hatte sich nicht einmal bei ihm bedankt. Im Gegenteil, sie hatte ihm vorwurfsvoll erklärt, dass es ihr peinlich sei, dass nun nicht nur die Mitschüler, sondern auch die Lehrer von der Sache wüssten.

Der Wind sammelte sich in den Bäumen zu einem Wispern. Das Laub raschelte, es klang fast wie das Flüstern der Geisterstimmen aus dem Jenseits. Simon fühlte, wie seine Anspannung wuchs. Er wollte die Hoffnung nicht aufgeben, dass sich in den nächsten Stunden irgendeine verschlossene Tür öffnen würde. Er hoffte, dass sich alles aufklären ließe, wenn er nur lange genug im Moor verweilte. „Ich bin so nah dran, ich darf jetzt nicht aufgeben", dachte er. „Kitty muss doch gemerkt haben, dass sie mir etwas bedeutet, dass ich mich in sie …" Simon glaubte, Kitty plötzlich vor sich zu sehen. In diesem düsteren Gang, wo er ihr erstmals begegnet war. Er hatte sich in dieses Mädchen vom ersten Augenblick an Hals über Kopf verliebt.

Jetzt war bloß noch ein aufreizendes Zirpen und das Quaken der Frösche zu hören. Plötzlich fühlte er sich gefangen in einer eigentümlichen Atmosphäre, irgendwo zwischen Traum und Alptraum. Simon machte die Augen zu und versuchte zu schlafen, aber trotz aller Erschöpfung und Mattigkeit war er nicht in der Lage dazu. Plötzlich stiegen ihm Tränen in die Augen. Tränen der Verzweiflung, Tränen der Enttäuschung, die er sich mit dem Hemdärmel aus dem Gesicht wischte. Er hätte schreien können vor Angst. Sein Kopf war voll von quälenden Fragen. Er blickte auf seine Uhr, doch die Zahlen tanzten wild über das Ziffernblatt und er konnte den kleinen Zeiger nicht vom großen unterscheiden.

Dann griff er zum Dartmoor-Reiseführer in seinem

Rucksack und zur Taschenlampe. Er versuchte zu lesen, um sich abzulenken. Doch seine Blicke fielen durch die Buchstaben durch wie durch ein Gitter. Auf der anderen Seite dieses Zauns stand Kitty. Im Halbschlaf glaubte er, ihre Stimme zu hören. Mit zermürbender Langsamkeit schlichen die Stunden dahin. Er fühlte sich wie in einem schwankenden Boot, das auf ein unbekanntes Meer hinaustrieb. Seine Mutter und alle, die ihn kannten, blieben fassungslos am Ufer zurück.

70 Jahre zuvor

DIE Geschwister Charles und Sarah sprachen mit ihren
Eltern bis spät in die Nacht hinein über ihre Entdeckung.
Aufgeregt berichteten sie am nächsten Tag in der Schule
von dem Mädchen im Moor. Die Polizei überprüfte in
den folgenden Wochen alle einschlägigen Akten, ging alle
Vermisstenanzeigen durch, ohne eine konkrete Spur zu
entdecken. Selbst die Veröffentlichung eines Bildes im
Dartmoor Chronical brachte keine Hinweise.

Auch die schlichte Kleidung ließ keine Rückschlüsse auf
die Tote zu. Sie hatte keinen Ring am Finger, keine Uhr am
Handgelenk. Bemerkenswert war allein die Tatsache, dass
sie keine Schuhe trug. Wer ging schon barfuß ins Moor?

Die beiden jugendlichen Entdecker bewegte vor allem
diese eine Frage: Warum ging dieses Mädchen niemandem
ab, ihren Eltern, Geschwistern, Freunden? Warum gab es
niemanden, der nach ihr fragte, der sie suchte?

Charles und Sarah waren sich einig, dass die Tote ein
brennendes Geheimnis umgab.

Am Tag nach dem aufsehenerregenden Fund im Moor
lag die Tote in einem Kühlfach im unterirdischen Sekti-
onssaal des Krankenhauses von Plymouth. Der Pathologe

Dr. David Blakely blickte auf die Uhr. Es war knapp vor Dienstschluss und er durfte sich nicht verspäten.

Am Abend war die Geburtstagsfeier seiner 14-jährigen Tochter geplant. Seine Frau hatte alles vorbereitet, es sollte für Jane eine echte Überraschung werden.

„Doktor Blakely, ich muss Sie erinnern, dass die Staatsanwaltschaft noch heute ein Gutachten zu L23 wünscht", meinte die Sekretärin.

Richtig, Leiche Nummer 23, die Tote aus dem Moor. Fast hätte er es vergessen. Er musste zu Hause anrufen, dass es später werden würde. Der Pathologe band sich eine durchsichtige Plastikschürze über den kurzärmeligen Kittel und zog die gelben Gummihandschuhe an, dann stülpte er sich die Maske über das Gesicht. In der Luft hing der penetrante Geruch von Desinfektions- und Putzmitteln. Zwei Prosekturgehilfen brachten L23 aus dem Kühlraum und hievten sie vom Transportwagen auf den Seziertisch.

Tote können nichts erzählen. Die Aufgabe von Doktor Blakely war es, für sie zu sprechen, indem er herauszufinden versuchte, was sie nicht mehr sagen konnten. Am Nachmittag hatte er bei einem verunglückten Landwirt einen Vorderwandinfarkt nachgewiesen, eine ältere Frau war an einem Nierenversagen mit innerer Vergiftung verstorben. Das Mädchen war die 17. Tote an diesem Tag.

Nach mehr als 7.000 Obduktionen war er immer noch fasziniert von seinem Beruf, der ihm Zutritt ins geheimnisvolle Reich des Todes gewährte.

Nun sollte er in dem steril wirkenden, fensterlosen Raum eine weibliche Leiche zum „Sprechen" bringen. Er musste klären, ob die junge Frau einer Gewalttat zum Opfer gefallen oder eines natürlichen Todes gestorben war. Da es in Zusammenhang mit Moorleichen immer wieder zu wilden Spekulationen und Gerüchten gekommen war, hatte die Staatsanwaltschaft wie üblich eine richterliche Anordnung zur Obduktion erwirkt.

Die Leichenschau begann mit der genauen Inspektion der Toten auf dem Sektionstisch. Ihr Kopf war leicht nach links gesenkt, die Arme eng am Körper. Es handelte sich um die Überreste einer jungen Frau, circa 16 bis 19 Jahre alt. Körpergröße: mindestens 165 cm. Das Mädchen war bei seinem Tod untergewichtig und voller Narben, Abschürfungen und Kratzern an Nasenflügeln, Armen und am rechten Knie. Die auffälligste Narbe befand sich an der Innenfläche der linken Hand und war fast fünf Zentimeter lang. Doktor Blakely fand alte und neue Blutergüsse an den Schultern, an den Beinen und im Gesicht. Eindeutige Hinweise auf Gewalt in Form von Schlägen und Tritten.

Die Wirbelsäule war auf charakteristische Weise deformiert. Sie musste wohl häufig schwere Lasten getragen und Schwerstarbeit verrichtet haben. Dazu passten auch die schwieligen Hände. Er entdeckte auch Anzeichen von Vernachlässigung wie schlechte Zähne. Sie war mit Sicherheit in einem schwierigen Umfeld aufgewachsen, das für dieses zarte Mädchen kaum zu bewältigen gewesen war.

Der Pathologe staunte über den Zustand der Leiche. Sehr oft hatte er es mit stark verwesten Leichen oder so genannten Faulleichen zu tun. Tote, die nach langer Zeit aus Flüssen oder dem Meer geborgen worden waren. Leichen im Moor veränderten sich aber in Jahren nicht. Weil die Luft nicht an die Körper kam, waren sie nicht verwest und ihre Kleider gut erhalten. Von einer Hand dieses Mädchens ließe sich sogar noch ein Fingerabdruck nehmen.

Doktor Blakely hielt einen Moment inne, die Stirn in tiefe Falten gelegt. Es war vollkommen still, nur die Kühlfächer im benachbarten Raum und die Maschinen summten leise, an der Decke flackerte kaltes Neonlicht. Sein Blick hing an dem zierlichen Gesicht, dem leicht geöffneten Mund und den langen, rötlichen Haaren, die sich auf dem Marmortisch ausbreiteten. Schicksale haben für Pathologen Nummern, doch das bittere Los dieses Mädchens berührte den erfahrenen Wissenschaftler, der selbst vier Kinder hatte. Einen Großteil der Leichen und Gesichter hatte er nach Dienstschluss wieder vergessen. Doch je jünger die Toten waren, desto eher blieben sie in

seinem Gedächtnis haften. Misshandelte Kinder vergaß
er nie!

Er warf einen Blick in den Polizeiakt, in dem alle näheren
Umstände der Auffindung der Leiche dokumentiert waren.
Er hatte eine Theorie, warum die Tote ohne Schuhe gefun-
den worden war. Sie hat möglicherweise auf einem dieser
Bauernhöfe in Oakhampton als billige Arbeitskraft ge-
schuftet, wurde misshandelt und missbraucht, ist vor ihren
Peinigern in der Nacht in Panik ins Moor geflüchtet ...

Doktor Blakely wusste, dass es Aufgabe der Polizei war,
sich darüber den Kopf zu zerbrechen, wer diese Misshand-
lungen zu verantworten hatte. Doch dieses Mädchen auf
dem Sektionstisch war etwa so alt wie eine seiner Töchter.
Sofort musste er an Jane, sein Geburtstagskind, denken.
Er konnte die aufkommende Wut kaum unterdrücken. Als
Sachverständiger musste er aber objektiv bleiben und Dis-
tanz halten – zum Fall, zum Opfer und zu seinen Gefühlen.

Bei L23 deutete vieles auf einen Unfall, doch die vielen
sichtbaren Spuren der Gewalt machten ihn misstrauisch.
Er untersuchte die Leiche nach verdächtigen Wunden wie
Stichkanälen, Schussverletzungen oder blutunterlaufenen
Einstichstellen, die nach Injektionen auftreten. Dann nahm
er sich die Hände vor und suchte mit dem Vergrößerungs-
glas nach Hautfetzen unter den Fingernägeln, die von
einem möglichen Peiniger stammen konnten.

Er fand nichts, was darauf hingewiesen hätte, dass sich das Mädchen kurz vor seinem Tod gegen jemanden zur Wehr gesetzt hatte. Die Spuren von Erde unter einzelnen Nägeln schienen seine Vermutung zu bestätigen, dass sie häufig mit Feldarbeit beschäftigt gewesen war.

Der erfahrene Rechtsmediziner wusste: Was er jetzt übersah, blieb für immer unentdeckt. Somit war in diesem Beruf, in dem viele bloß das Skurrile, Abstoßende und Gruselige sahen, auch viel kriminalistischer Spürsinn eines Detektivs gefragt. Doch Dr. Blakely war es längst gewohnt, dass viele Menschen die Nase rümpften, sobald er die medizinische Fachrichtung seines Berufs erwähnte.

Der Schädelknochen war dem Tastbefund nach unversehrt. Als er den Kopf zur Seite drehte, bemerkte er sofort die Spuren am Hals.

Es waren strichförmige Hautabschürfungen. Um seinen Verdacht zu erhärten, hob er mit einer Pinzette vorsichtig die Lider der Toten und suchte mit der Handlampe nach kleinen roten Verfärbungen in den Augen. Diese zeigten sich immer dann, wenn Blut in den Kopf floss, sich dort staute und nicht entweichen konnte. Die winzigen roten Punkte, die er nun erkennen konnte, waren ein sicherer Hinweis auf Erwürgen. Es versetzte ihn in Erstaunen, dass diese Erstickungsblutungen trotz der Liegezeit im Moor unverändert deutlich hervortraten.

Kein Zweifel, das Mädchen war entweder erwürgt oder mit einem Seil erdrosselt, stranguliert oder erhängt worden! Dafür sprach auch die bräunlich verfärbte und krustige Zungenspitze.

In der nüchternen Juristensprache lag hier ein „unnatürlicher Todesfall durch Fremdeinwirkung" vor. Diese junge Frau hatte sich mit Sicherheit nicht verlaufen und war im tückischen Gelände verunglückt. Jemand musste die Leiche im Moor abgelegt haben. Somit war auch ein Selbstmord durch Erhängen auszuschließen.

Nach der äußeren Besichtigung wollte er nun die Autopsie durchführen. Die Instrumente des Sezierbestecks – vom Skalpell bis zur Säge – lagen fein säuberlich nach ihrer Größe sortiert vor ihm. Plötzlich fing sich ein Lichtschimmer in den Augen der Toten und es sah aus, als starrte sie den Arzt flehentlich an.

Doktor Blakely schluckte, streifte sich die Handschuhe ab und entfernte die Maske. Sein Gesicht war fahl und bleich. Er musste jetzt für ein paar Minuten an die Luft, bevor er seine Arbeit fortsetzen konnte.

Eines stand schon jetzt fest: L23 erwies sich als Fall für die Kriminalpolizei.

10

„Es gibt diesen Tag also wirklich", dachte Simon: „Da
wacht man auf und nichts scheint mehr, wie es war."
Die Sonne war soeben über den Hügeln des Moors aufge-
gangen, aber sie war nicht stark genug, um die Schatten zu
vertreiben, die sich in seinem Leben ausgebreitet hatten.
Wie durch einen dunklen Vorhang drangen Geräusche in
sein Bewusstsein und er spürte, wie es langsam heller um
ihn wurde. Simon öffnete die Augen.

Benommen kroch er aus dem Schlafsack, gähnte schlaf-
trunken und torkelte zum Waldrand, er sehnte sich nach
Licht und Wärme. Das Moor war wie von einem dichten
Schleier bedeckt. Vereinzelt brach die Sonne zwischen den
Nebelschwaden hervor. Sie war blutrot, ihr Licht gleißend,
es schmerzte in den Augen. Dann atmete er tief die reine
Morgenluft ein. Eine Libelle stand wie reglos in der Luft.
Kirchenglocken tönten dunkel über das Moor.

Oft hatte er in den vergangenen Stunden nicht gewusst,
wie er dieser nicht enden wollenden Finsternis und
Einsamkeit entrinnen konnte. Immer wieder war er aufge-
wacht. Hinter jedem Baum, hinter jedem Strauch vermute-
te er seine Jäger. Wurzeln schnitten im Mondlicht Fratzen,
schienen nach ihm zu fassen. Die Nacht narrte ihn mit
hundert Geräuschen. Moore brachten mitunter schaurige

Laute hervor, wenn das Wasser stieg oder der Schlick sich setzte. Es klang wie heftiges Schmatzen, oft wie ersticktes Schluchzen.

Manchmal war ihm, als berühre ihn jemand an der Schulter. Dann hatte er geglaubt, das Platschen von nackten Füßen im Schlamm zu hören. Da war auch dieses Geräusch raschelnder Blätter. Als würde jemand flüstern. Dann dieses Gefühl, jemand würde auf ihn zugehen, über ihm stehen. Kitty?

Er hatte von einer Riesenspinne geträumt, wohl deshalb, weil er in diesem Kloster von Spinnen umgeben gewesen war. Es war eine australische Trichternetzspinne, die gefährlichste Spinne der Welt gewesen, groß wie ein Golfball. Aus drei Meter Entfernung war das Ekeltier in diesem Alptraum langsam auf ihn zugekrochen. Schon hatte er geglaubt, ihre langen, haarigen Klauen an seinen bloßen Beinen zu spüren. Ein Biss, ein einziger Tropfen ihres Gifts und man fiel augenblicklich ins Koma, starb innerhalb von drei Stunden. Merkwürdigerweise zeigte das Nervengift bei einer Katze überhaupt keine Wirkung. Niemand wusste, warum dies so war.

Während er nachdachte, beobachtete er zwei Eichhörnchen. In rasender Geschwindigkeit erklommen sie Stämme, flitzten über Zweige und katapultierten sich mit waghalsigen Sprüngen von einem Ast zum anderen.

Noch vor wenigen Jahren hatte er Eichhörnchen aufgezogen und mit Katzenmilch gefüttert.

Als er zu seinem Liegeplatz zurückkehrte, brachen sich die ersten Sonnenstrahlen ihren Weg durch das Geäst. Auf dem Waldboden lagen aber noch tiefe, kalte Schatten. Der Geruch von Moos und Kiefern stieg in seine Nase.

Dann fiel sein Blick auf den weichen Waldboden. Waren das nicht Fußspuren? Oder bildete er sich das nur ein. Leicht vornübergeneigt suchte er den Boden nach weiteren Spuren ab. Versteckte sich jemand hinter den Baumstämmen? Hinter dem Gebüsch?

Simon schüttelte den Schlafsack kräftig aus und rollte ihn zusammen. Als er seinen Weg fortsetzen wollte, blickte er sich am Waldrand vorsichtig um. Wie ein gehetztes, in die Enge getriebenes Tier nahm er Witterung auf. Weit und breit war keine Menschenseele zu erkennen. Dann überprüfte er mit dem Kompass die Marschrichtung.

In der Zwischenzeit war es vollkommen hell geworden, die Sonne trocknete den Tau auf Gräsern und Blumen. Zarte Nebelschwaden lösten sich aus dem Moor, ein magischer Hauch erweckte sie zum Leben, ließ sie tanzen und fließen. Dort stand eine Vogelscheuche auf einem abgeernteten Feld. Sie trug einen großen schwarzen Hut und ein braunes Kleid mit weißen Punkten. Der Wind spielte mit dem weiten Rock, die Vogelscheuche schwankte hin und her. Es sah aus, als ob dort in der Einsamkeit des frühen Morgens eine Figur einen ungestümen Tanz vollführte.

Nahe dem Hay Tor waren die gefährlichen bodenlosen Sumpfstellen nur schwer zu erkennen. Oft schwankte der Boden wie auf einem Schiff. Moore waren den Menschen immer unheimlich, der Übergang zur Unterwelt, zum Reich der Geister.

Seit Jahrhunderten schon wurde dieses Moor im Südwesten Englands von verwunschenen Geistern, Hexen und Dämonen heimgesucht. Er musste froh sein, wenn er bei seiner Wanderung durch Ginster und Heide nur den Schafen und Ponys begegnete und keinen Pixies. Diese Moorgeister trieben in der kargen Einöde ihr Unwesen und führten Wanderer in die Irre und oft in den Tod. Abergläubische Einheimische trugen Jacken und Mäntel stets mit dem Futter nach außen, dann konnten die Pixies ihnen nichts anhaben.

Es gab diese Augenblicke, die jeder Wanderer im Dartmoor fürchtete, insgeheim vielleicht auch herbeisehnte. Der schöne Schauder. Wenn sich ein Gefühl unendlicher Abgeschiedenheit einstellte, kein Laut mehr zu vernehmen war, die Grenzen zwischen Himmel und Erde verschwammen und nur mehr der eigene Herzschlag in den Ohren dröhnte. Manche sagten, dass dann der Bluthund mit zotteligem Fell und glühenden roten Augen, groß wie ein

Kalb, plötzlich zwischen den grauweißen Schleiern auf-
tauchte. Wer ihm im Moor begegnete, der hatte nur mehr
kurze Zeit zu leben ...

Gegen Mittag hatte er das zerklüftete Hound Tor erreicht.
Die Sonne schleuderte Flammenbündel gegen die Felswän-
de. Jetzt waren es bloß noch drei Meilen bis Manaton.
Von einer Hügelkuppe aus konnte er im Osten das Meer
als hauchdünne Linie erkennen.

Wieder näherte er sich einem Pfad durchs Moor. Drei
Reiter tauchten am Horizont auf. Er nahm sie zunächst
nur als Pünktchen wahr, doch sie wurden rasch größer.
Die Pferde schnauften, schwitzten und dampften. Der eine
Hengst war ein schwarz glänzendes Muskelpaket, das mit
einer perfekten Mischung aus Kraft und Anmut über das
Moor schoss. Die Adern schwollen unter seinem Fell und
zeichneten sich wie ein feines Netz ab. Das Pferd warf die
Beine im Trab fast waagrecht nach vorn in die Luft. Wei-
ßer Schaum flog aus seinem Maul gegen seine Brust und
Vorderbeine, Schweiß sammelte sich am ganzen Körper.
Es war ein wunderschöner Anblick und Simon blickte
den Reitern nach, bis sie im Mittagsdunst verschwunden
waren.

Simon liebte Tiere. Er hatte als Insektensammler begon-

nen – Insekten gab es schließlich umsonst und in rauen
Mengen. Schon nach wenigen Wochen hatte er das Haus
mit Kolonien von Ungeziefer bevölkert. Doch seine Mutter
hatte dem Insekten-Spuk ein jähes Ende bereitet. Das Haus
war kaum entseucht gewesen, als er sich auch schon der
Aufzucht von weißen Mäusen und Meerschweinchen
widmete und dabei das Wunder tierischer Fruchtbarkeit
entdeckt hatte.

Er hielt abrupt an und griff zum Fernglas. In einiger
Entfernung konnte er einen Parkplatz sehen. Ganze Familien purzelten aus ihren Wohnmobilen und fotografierten
einander mit den Ponys. Sie hatten Spaß, mampften ihre
Jausenbrote und tranken Cola. Er wäre jetzt gern Teil
dieser fröhlichen Schar gewesen.

Dort musste die Straße nach Manaton sein. Er sah einen
roten Mini Cooper Clubman, es war das gleiche Modell,
in dem sein Vater vor acht Jahren verunglückt war. Er war
damals aber nicht allein unterwegs gewesen. Die Frau auf
dem Nebensitz war nahezu unverletzt geblieben.
Das wusste Simon erst seit drei Wochen, als er in Mutters
Schreibtisch einen Zeitungsartikel entdeckt und sie zur
Rede gestellt hatte. Diese wenigen Zeilen zum Unfallher-
gang hatten ihm hart zugesetzt.

Sie war zunächst erbost gewesen, weil er in ihren Sachen
herumgeschnüffelt hatte, dann rückte sie scheibchenweise

mit der Wahrheit heraus. Ja, die Frau sei eine Kollegin aus dem Büro gewesen. Möglich, dass sich die beiden näher gekannt hätten. Er hielt ihr vor, dass Vater damals selten zu Hause war und es oft Streit gegeben hatte. Auf sein bohrendes Nachfragen reagierte sie zunächst gereizt, dann legte sie ein tränenreiches Geständnis ab: Die Frau war seine Freundin, seine Geliebte, eine Trennung stand im Raum. Um Vaters Andenken nicht zu beschädigen, habe sie ihm „die näheren Umstände" seines Todes verschwiegen, ihm aber „zu einem späteren Zeitpunkt" alles sagen wollen. Seither fühlte er sich verletzt, sein Verhältnis zur Mutter war in den letzten Wochen stark abgekühlt. Im Übrigen hatte er nicht in ihrem Schreibtisch herumgeschnüffelt, sondern nach einer Klarsichthülle für sein Referat gesucht.

Er war schon immer sensibel und verletzbar. Dies zeigte sich besonders darin, dass er jede echte oder eingebildete Kränkung, jeden schiefen Blick sofort auf der Festplatte seines Herzens speicherte. Er dachte nicht daran, diese Einträge irgendwann zu löschen – im Gegenteil, er vergaß niemals, immer wieder nachzusehen.

Auf den letzten beiden Meilen säumten verfallene Schlote den Weg, unter dem Gestrüpp lauerten die Schächte uralter Minen. Schon die Phönizier und Römer hatten hier ihr Zinn und Kupfer aus der Erde geholt. Auch sah man hier die halb verfallenen Hütten der Bergleute. Dann konnte er einen Kirchturm erkennen, er befand sich auf dem letzten Wegstück nach Manaton. Jetzt waren es nur noch ein paar Schritte bis zur Straße, zu den Häusern und den Menschen.

Lange, dunkle Ackerstreifen, die unterhalb des Dorfes plötzlich abbrachen, prägten die Landschaft. Der Gestank von Viehmist und Traktorenabgasen vermischte sich mit dem Duft von Heu.

Der Sommerdunst lastete satt über den Bauerngehöften. Die Maisstauden standen mehr als mannshoch und das Heu war zu Haufen getürmt. Dort rostete eine Mähmaschine vor sich hin.

Sein erster Eindruck war der eines toten Dorfes. Viele verfallene Gemäuer, verödete Gerippe menschlicher Behausungen. Eine Geisterstadt. Die Straßenzüge waren menschenleer. Nur mehr wenige Häuser schienen noch bewohnt zu sein. Der Wind huschte durch den Schutt der Vergangenheit, kroch in jede Ritze und Spalte. Wo waren die Menschen?

Dort äugte ein misstrauisches Augenpaar hinter Vorhängen hervor. Das einzige Geschäft im Ort, ein beiges, stuckverziertes Gebäude, war Supermarkt, Spirituosenladen und Postamt in einem. Als Simon durch Manaton schlenderte, stand die Sonne am wolkenlosen Himmel fast senkrecht über den Häusern und brannte auf den Asphalt der schattenlosen Straße.

Im Pfarrhofgarten standen Apfel- und Birnbäume, eine kleine Katze huschte durch die Gemüsebeete. Ein himmelblauer Chevrolet stand aufgebockt auf einem verlassen vor sich hinwuchernden Grundstück. Aus dem offenen Motorraum spross Unkraut. Am Zaun ein zerkratztes Schild, das Unbefugten den Zutritt untersagte.

Ein trister Ort. Man konnte meinen, die Zeit sei hier irgendwann stehen geblieben und habe die Bewohner vergessen. Oder sie waren zu einer langen Reise aufgebrochen. Zugleich beschlich ihn dieses merkwürdige Gefühl, schon einmal hier gewesen zu sein.

Er hielt bei einem zerbeulten Briefkasten, daneben befanden sich eine Glocke und ein Namensschild. Als er läutete, war hinter der schwarzen Haustür eine raue, kehlige Frauenstimme zu vernehmen. Dann hörte man ein paar Flaschen im Flur umkippen. Die Tür ging auf und eine Frau erschien auf der Treppe.

„Ach, vielleicht können Sie mir helfen. Ich suche jemanden."

„Wie soll er denn heißen?"

Simon zog sich die Kappe tiefer in die Stirn, als störte ihn die Sonne. „Es ist ein Mädchen, ungefähr in meinem

Alter. Ihr Name ist Jay. Kitty Jay. Sie muss hier irgendwo wohnen."

Sie stieß ein seltsames, abgehacktes Lachen aus und legte sich rasch eine Hand vor den Mund, um nicht laut herauszuplatzen. „Da kommst du zu spät, mein Freund. Die wohnt hier nicht mehr."

Die dunkelhaarige Frau machte einen verwirrten Eindruck, hatte offensichtlich zu viel getrunken. Neben der Tür lagen aufgeplatzte Müllsäcke und leere Farbeimer.

„He, Joey, da ist jemand, der wissen will, wo Kitty Jay wohnt. Ich raff es nicht!"

Nun war auch aus dem Zimmer ein aufreizendes Lachen zu hören. Simon machte sich aus dem Staub. Das Gelächter der beiden dröhnte ihm noch lange in den Ohren.

Am Dorfplatz befand sich die Kneipe The Kestor Inn. Er wagte einen Blick durchs Fenster. Drei Männer lehnten an der breiten Theke. In der Ecke standen ein Billardtisch und ein runder Pokertisch. Über dem Tisch hing eine alte Lampe, die einen schummrigen Lichtkegel auf die Platte warf. Auf einem Wandbrett lief ein Fernseher mit einer Fußballübertragung. Er hätte den Wirt fragen können, der ihm ganz sicher weiterhelfen konnte, doch das Risiko schien ihm zu groß.

Das Haus mit der bröckelnden Fassade war einmal eine Schule gewesen – als es noch genügend Kinder in Manaton gegeben hatte. Während Simon vor den zugenagelten Fenstern stand, war es in dieser Geisterstadt auf einmal so still, dass man den Flügelschlag der Tauben hörte, die im eingestürzten Dachstuhl nisteten. Und über allem schien ein leises, höhnisches Kichern zu liegen.

Er fühlte sich immer mehr wie eine Marionette in einem teuflischen Spiel, er glaubte, Fäden zu spüren, an denen er gezogen wurde. Plötzlich hörte er aus der Kirche lautes Orgelspiel. Neugierig trat er näher.

11

SOFORT musste er an Kitty und an die Orgel denken, die
der verstorbene Bruder Michael restauriert hatte. Die alte
Pfarrkirche stammte aus dem 15. Jahrhundert und war der
heiligen Winifred gewidmet. Die Mauern waren aus dem
blauen Kalkstein erbaut worden, der aus Dartmoor stammte. Ihre Schlichtheit zeugte vom entbehrungsreichen Leben
in diesem einsamen Landstrich. Als Simon die schwere Tür
öffnete, wurden durch den Luftzug mehrere Seiten einer
aufgeschlagenen Bibel aufgewirbelt.

Er verweilte einen Augenblick lang im Halbdunkel des
Eingangsbereichs und spürte den vertrauten Geruch von
Weihwasser und Kerzen. Dann tauchte er die Fingerspitzen in die Granitschale neben der Tür. Die Sitzreihen
waren leer. Durch die Buntglasfenster beim Altar brach
sich goldenes Licht.

Dann sah er den Mann an der Orgel. Sein Haar schim-
merte weiß. Im Dorf war er bekannt als Creepy Ron, als
Ronald, der allen ein wenig unheimlich war, weil er leicht
stotterte, gebückt ging und immerzu seltsame Bibelweis-
heiten verbreitete.

Er hockte mit durchgedrücktem Rücken vor den 88 Tasten. Seine Hände saßen an langen, schlaksigen Armen wie
die Greifer eines Raubvogels. Mit diesen Händen bewältigte

er mühelos Passagen, in denen die Finger wie die Nadel einer Nähmaschine rauf- und runtersausen mussten.

Er wirkte entrückt, als empfänge er die Botschaft der Musik. Sein Gesicht war bei den schwierigen Abschnitten ganz plötzlich angespannt und fanatisch, gleich darauf wieder entspannt und friedfertig. Mit großer Eleganz bewältigte er nun die finalen Laufpassagen und türmte die Akkorde zu Klangmassen, dass man an die Kraft eines ganzen Orchesters glauben mochte.

„Kann ich dir helfen?"

Er wandte sich Simon zu, während sein Spiel in den Weiten der Kirche nachhallte.

„Nein, danke, ich wollte mich hier bloß etwas umsehen. Sie spielen übrigens fantastisch."

„Johann Sebastian Bach, Toccata und Fuge in d-Moll. Kein anderes Stück drückt so viel Kraft und sakrale Würde aus."

Er hatte diesen ruhigen, verweilenden Blick, dem sich keiner entziehen konnte. Das Grau seiner Augen blieb jedoch undurchdringlich und ließ an die klirrende Kälte eines Wintermorgens denken.

„Warum bist du hier?"

„Ich habe die Orgel gehört. Das hat mir gefallen."

Er musterte ihn mit einem schwankenden Ausdruck von Mitleid und Spott.

„Niemand kommt wegen des Orgelspiels hier herein. Man kommt, wenn man Kraft sucht, wenn man in einem Zwiespalt steckt. Was ist dein Problem?"

Simon setzte sein unschuldiges Lächeln auf und stammelte wie ein Junge, den man beim Kirschenstehlen ertappt hatte. „Ich suche nach einem Mädchen, das hier in Manaton zu Hause sein soll. Ihr Name ist Kitty. Kitty Jay."

Der Mann zog die dicken Augenbrauen hoch und legte die Stirn in Falten.

„Kitty Jay? Die ist tot. Das ist ewig lange her."

„Das ... das kann nicht stimmen. Ich habe sie erst gestern gesehen."

Statt zu antworten, starrte sein Gesprächspartner auf die Tasten seiner Orgel.

„Wenn sie tatsächlich tot ist", meinte Simon mit einem zynischen Lächeln, „dann besitze ich vielleicht die Gabe, Geister von unerlösten Seelen zu sehen und ich habe Kitty gesehen."

„Hier in Manaton?"

„Nein, gestern Nacht im Kloster Buckfast."

Die grauen Augen blitzten auf und waren plötzlich auf herausfordernde Weise wach. Simon wurde es allmählich unbehaglich unter seinem Blick.

„Ich soll dir abnehmen, dass du Geister siehst?"

„Ich weiß, es ist schwer zu glauben." Simon hielt inne,

mit spöttisch gekräuselten Lippen fuhr er fort: „Dann habe ich eben gestern eine Botschaft von der anderen Seite erhalten."

„Von welcher anderen Seite?" Creepy Rons Gesichtsausdruck ging unvermittelt in eine harte, lauernde Miene über. „Dieses Mädchen ist tot", sagte er nun ziemlich ungehalten, dass es von den Wänden widerhallte. „Ihr Grab ist hier in Manaton. Mehr kann ich dazu nicht sagen."

Er verschränkte die Finger ineinander und ließ die Knöchel so heftig knacken, dass Simon erschrocken zurückwich. Dann begann er eine rauschend-virtuose Kadenz. Ein neuer Teufelstanz der Finger über die Tasten setzte ein. Dieser Mann konnte oder wollte ihm nicht helfen. Simon verließ die Kirche. Beim Ausgang schweiften seine Blicke über die Reihen der Gräber. Hier sollte Kitty begraben sein? Das war völliger Unsinn!

Der Friedhof rund um das Gotteshaus wirkte äußerst verwahrlost. Und dennoch breitete sich hier eine Totenstadt von bizarrer, berührender Schönheit aus. Bäume und Grabsteine verschmolzen zu eigentümlichen Gebilden aus Holz und Stein und entwarfen ein düsteres Bild des Verfalls. Hier ruhten Menschen, deren letzte Spuren sich im Dickicht verloren. Wenn es dämmerte, hüllte die untergehende Sonne die Grabsteine in ein magisches Licht.

Am Südende lagen noch Kränze, verwelkte Rosen und

vom Regen vergilbte Seidenschleifen auf der schwärzlichen Erde. Nicht weit davon war ein erst jüngst aufgeworfener Grabhügel noch mit frischen Blumen bedeckt. Hier standen Granitfiguren, über zwei Meter hoch und schon stark verwittert, daneben prächtig verzierte Steinquader mit langen Inschriften. Manche Grabsteine waren mit Gegenständen verziert, die den Beruf des Verstorbenen verrieten: eine Schere für den Schneider, ein Hufeisen für einen Postreiter.

Schweigend ging Simon an den alten, zum Teil mit glitschigem Moos überwucherten Grabsteinen vorbei. Den Mittelpunkt des Friedhofs bildete ein großes Granitkreuz. Nach uraltem Brauch wurden Särge dreimal um dieses Kreuz getragen, bevor man sie der Erde übergab. Einst sagte man, wenn eine Katze dem Sarg auf dem Weg zum Friedhof folgte, dann sei der Tote ein Vampir.

Immer wieder ertappte er sich dabei, die Namen der Verstorbenen und das Jahr ihres Todes zu lesen. Doch es erschien ihm absurd, das Grab einer Person zu suchen, die er erst gestern getroffen hatte. Manche Gräber reichten bis ins 18. Jahrhundert zurück.

„Hier wirst du Kitty nicht finden."

„Sie?"

Der Organist stand plötzlich hinter ihm. Doch aus der Kirche ertönten noch immer laute Musikakkorde.

„Du hörst gerade meinen Schüler. Ich brauche eine Pause." Er schüttelte seine feingliedrigen Finger und betrachtete sie nachdenklich. Dann wandte er sich dem Grabstein zu, vor dem Simon stand.

„Die meisten alten Gräber sind kaum mehr zu retten. Gefährlich sind die Krustenflechten. Sie verankern sich mit ihren Zellfäden in den Gesteinsporen. Wenn man sie abreißt, brechen die Buchstaben mit ab."

Simon griff nach einer Flechte und zog daran. Sofort hielt er die Zwischenräume von drei Buchstaben in der Hand. Mit einem Fluch entriss ihm der alte Mann die Steine und setzte sie wieder behutsam an ihren Platz. Simon tat verlegen und murmelte eine Entschuldigung.

„Ich war vorhin nicht ganz ehrlich zu dir", meinte Creepy Ron plötzlich versöhnlich.

Dann erzählte er Simon von den Mönchen, die in der Kirche von Buckfast Abbey einst so qualvoll ums Leben gekommen waren. Sofort fielen Simon die rußgeschwärzten Wände, eine Folge des Brandes, wieder ein. Die merkwürdige Atmosphäre in dieser Kirche war ihm nicht entgangen. Der alte Mann erzählte von der Kraft ihrer Gebete, die die Jahrhunderte überdauert hatte und nie verloren gegangen war. Dann hob er beschwörend einen Finger, um seinen Worten Nachdruck zu verleihen: „In diesen Mauern lauert eine Macht, die stärker ist, als viele

Menschen annehmen. Es ist eine alte Kraft, die niemals zur Ruhe kommt und niemals erlöschen wird."

Es kam auch heute immer wieder vor, dass die Klosterorgel wie von selbst zu spielen begann. Am Sterbetag Jesu versiegte regelmäßig der Springbrunnen im Kreuzgang. Aus leer stehenden Räumen ertönten Gebete. Als zwei Mönche beim Restaurieren von Skulpturen am Kirchenportal von einem hohen Gerüst stürzten, blieben sie unverletzt.

„Ist diese Macht so groß, dass auch Menschen wieder auferstehen können?"

Für Sekundenbruchteile glomm ein unheimliches Funkeln in den Augen des alten Mannes auf. Mit weit aufgerissenen Augen schien er auf etwas Unsichtbares zu starren.

„Es gab Menschen in Dartmoor, die versucht haben, dies herauszufinden. Aber unser Herr hat sie bestraft und vorzeitig abberufen ins Reich der Finsternis. Auch Bewohner von Manaton haben sich versündigt. Noch niemandem ist es gelungen, unser Dorf von seinem Fluch zu befreien und die Dämonen zu verjagen."

Er bekreuzigte sich mehrmals rasch hintereinander. Wieder zuckte dieses verächtliche Lächeln über sein Gesicht, als er fortfuhr: „Dieses Kloster blickt seit 800 Jahren auf uns Menschen im Moor herab, auf all unsere Sünden,

Lügen und Verfehlungen. Manche fühlen sich beobachtet, sie spüren die ständige Gegenwart der verbrannten Mönche. Sie schweben wie Geister über dem Moor."

Noch heute ragten in ganz England die Relikte zerstörter Klöster düster zum Himmel: Crowland Abbey, Bolton Priory, Glastonbury Abbey. Doch Buckfast Abbey feierte eine Wiederauferstehung – gerettet durch die Kraft der Gebete.

Mit Gebeten und Fürbitten versuchten auch die Bürger von Manaton, ihre eigene Pfarrkirche zu retten. Denn Teile der Westfassade standen fast so schief wie die Grabsteine. Der Glockenturm sah aus, als wollte er sich jeden Augenblick vom Kirchenschiff losreißen. Die Mauern waren von Rissen durchzogen, der Putz wegen der großen Feuchtigkeit längst abgebröckelt.

„Wir werden sie irgendwann verlieren, unsere Kirche", klagte der Organist. „Jeden Monat neigt sich der Turm um weitere zwei Millimeter nach Westen seinem Abgrund entgegen. Man hat bereits über einen möglichen Abriss gesprochen."

Die Rettung von St. Winifred's Church würde sehr viel Geld verschlingen. Drei der sechs Glocken im Turm waren im Mittelalter gegossen worden. Das Läutwerk stand zur Reparatur an, außerdem mussten zwei Klöppel ersetzt werden.

Der Mann, der ihm kurz zuvor Angst eingejagt hatte, erschien ihm plötzlich zugänglich und menschlich.

„Sie sprachen vorhin von Kittys Grab."

Er schien zu überlegen, ob er Simon ein Geheimnis anvertrauen durfte. Seine Blicke schweiften wie suchend über die Reihen der Gräber.

„Geh zu Mrs Brown, sie ist die älteste Frau im Dorf. Sie wohnt am Ende der Straße und vermietet Zimmer an Touristen. Vielleicht kann sie dir helfen."

Und nun lächelte er mit einem Mal. Sein Gesicht hellte sich auf und wenn auch seine Augen kalt blieben, so ahnte man doch eine gewisse Heiterkeit in seinem Inneren.

Simon war überrascht, dass nahe der Kirche einige schmucke Cottages mit kleinbürgerlich sauberer Fassade standen. Sie hießen Rose, Deal und Laurel. Hinter den Zäunen mit den sorgfältig beschnittenen Hecken hechelten Schäferhunde zwischen knorrigen Obstbäumen hin und her und bellten Simon wütend an. Kinder hüpften auf einer alten Tür herum wie auf einem Trampolin.

Er nahm auf einer Feldsteinmauer Platz und überdachte sein weiteres Vorgehen.

Am Horizont trieb der Wind zwei dicke Rauchfahnen über den Himmel. Auf der anderen Seite des Flusses spiel-

ten einige Jungen Fußball. Ein Knirps trug ein viel zu gro-
ßes blaurotes Trikot der Fußballelf FC Barcelona. Auf dem
Rücken die Nummer 10 wie Stürmerstar Lionel Messi. Ein
Hund kläffte von irgendwo und in einem sonnenwarmen
Winkel döste eine zerzauste Katze.

Wieder erinnerte er sich an die Worte des Pförtners, Kitty
sei „vor langer Zeit" im Kloster Buckfast gewesen. Wenn
Kitty tatsächlich aus Manaton gekommen war, konnte
ihm nur eine ältere Dorfbewohnerin wie Mrs Brown
helfen. Was hatte es mit dem Fluch auf sich, von dem der
Organist gesprochen hatte? War dies bloß das krankhafte
Geschwätz eines alten Mannes und religiösen Eiferers?
Oder stand dieser Fluch in Zusammenhang mit Kittys
Schicksal?

Er musste dieses Rätsel um Kitty lösen. Er ahnte, dass der
Kummer ihn sonst krank machen, einen engen Kreis um
ihn ziehen würde, aus dem er nicht ausbrechen und in den
auch niemand eindringen konnte – außer vielleicht Kitty.
In seinem Bewusstsein war sie höchst lebendig, für andere
schien sie tot, eine verblasste Erinnerung zu sein.

Er musste nun nach jedem Teilchen greifen, das sein
Puzzle zu vervollständigen versprach.

12

MRS Brown galt im Dorf als etwas seltsam und verschroben, weil sie ihr Haus kaum verließ und vorwiegend mit
ihren Hunden sprach. Die alte Dame am Ende der Straße
lebte seit mehr als 80 Jahren in diesem Haus, das langsam
zugewachsen war wie ein Dornröschenschloss.

Simons Blicke schweiften über das krumme Schindel-
dach. Das kräftige Nachmittagslicht hob die Fensterkreuze
aus Sandstein hervor und ließ ab und zu eine kleine Blei-
glasscheibe aufblitzen. Das Haus war vom Boden bis zum
Dach mit Efeu überwuchert und man konnte glauben, dass
es die Natur schon lange von seiner menschlichen Besitze-
rin übernommen hatte.

Auf dem Zaun befand sich ein Bed-&-Breakfast-Schild mit
dem Zusatz Vacancy. Vor der Haustür lag eine Rosenschere.
In der Ecke stand – wie vergessen – ein rußschwarzer Grill.

Mary Brown las er auf dem Briefkasten. Simon zögerte.
Wusste diese Frau schon von der Suchaktion? Würde
sie die Polizei rufen? Bisher war er in Manaton kaum
jemandem begegnet, der ihm verräterisch erschienen wäre.
„Ich muss es riskieren", dachte er. „Davonlaufen kann ich
immer noch."

An der Tür war ein gusseiserner Metallknauf, an der
Klingel ein Keramikengel. Die Tür öffnete sich, wobei die

ungeölten Scharniere quietschten. Die alte Dame musterte ihn durch eine kleine, rechteckige Brille. Der Hund, ein riesiger Boxerrüde, bellte und knurrte ihn an, fletschte drohend die Zähne, versuchte mit aller Kraft, sich loszureißen.

„Der ist noch jung, der tut nichts", versicherte Mrs Brown, die das Tier mühsam mit beiden Händen am Halsband festhielt.

„Haben Sie noch ein Zimmer frei?"

„Für dich ganz allein?"

„Meine Eltern kommen morgen nach."

„Das lässt sich schon machen, komm herein!"

Sie trug ein Kleid mit braunen Mustern und eine Bluse, deren Perlmuttknöpfe bis zum Hals zugeknöpft waren. Die alte Dame zeigte Simon sein Zimmer. Im Vorbeigehen war sein Gesicht im Vorraum kurz in einem Spiegel mit goldfarbenem Holzrahmen zu sehen. Er erschrak so sehr, dass er stehen blieb, um es eingehender zu betrachten. Da war ein Ausdruck, der vor zwei Tagen noch nicht da gewesen war, ein furchtsamer, gehetzter Ausdruck.

Mrs Brown bat ins Wohnzimmer. Auf der Türschwelle lag der Schlauch eines uralten Staubsaugers wie eine leblose Schlange auf dem Boden. Im Raum breitete sich eine seltsame Düsternis trotz der großen Fenster aus.

„Was macht ein Junge wie du allein im Moor? Das ist viel zu gefährlich."

Simon lächelte freundlich und zuckte mit den Schultern. „Da könnte sie recht haben", dachte er.

Den Mittelpunkt des Wohnzimmers bildete eine alte Couch aus schwarzem Leder, abgewetzt und durchgesessen. Auf dem Tisch lagen weiße Spitzendeckchen und an den Fenstern zur Straße kräuselten sich altrosa Rüschenvorhänge. Im Kamin glomm ein Feuer. In jeder Ecke lag ein Hund. Ihr ungarischer Hirtenhund unter dem Tisch hatte schon Kontakt aufgenommen, als Simon Platz nahm. Er spürte ein paar nadelspitze Reißzähne kurz in seinem linken Knöchel. Die alte Dame zerrte am Halsband und bat verlegen um Verzeihung. Dann huschte ein spitzbübisches Lächeln über ihr Gesicht.

„Josh mag dich, sonst würde er dich einfach ignorieren."

Simon erzählte von den Schulferien. Mrs Brown hörte interessiert zu. Sie war mit ihren 85 Jahren noch immer mit neugierigem Temperament bei der Sache. Eine kluge Frau, die ihre Lebensfalten nicht versteckte, sondern mit Stolz und Würde trug. Ihre Stimme war sanft. Sie sprach langsam, fast bedächtig. Ihre Aussprache war etwas undeutlich. Wenn sie nachdachte, zog sie die Nase ein wenig kraus.

„Wie viele Hunde haben Sie eigentlich?"

Die alte Dame begann voll Begeisterung zu erzählen, als hätte sie nur darauf gewartet, dass sie jemand auf ihre große Leidenschaft anspricht. Die braunen Augen funkelten vergnügt. Neben dem Sofa lag ihr „Prinzesschen", die kleine Peggy, in einem Korb, daneben der verschmuste Labradorwelpe Speedy. Nun zeigte sie auf ein großes Ölgemälde an der Wand, das einen Hund mit schwarzem Fell, Kippohren und spitzer Nase zeigte.

„Das ist Smokey. Jemand hat ihn für mich gemalt. Ein wunderbares Bild, findest du nicht?" Der Australian Sheperd war vor elf Jahren von einem Auto angefahren und vom Tierarzt eingeschläfert worden. Wenige Monate zuvor hatte ihr Smokey die Tränen von den Wangen geleckt, als ihr Ehemann verstorben war.

Als sie noch rüstiger war, hatte sie Hunde aufgezogen, einige sah sie sterben. Timmy hatte einen Lebertumor, er wollte plötzlich nicht mehr fressen. Der kleine Spaniel Jerry lief eines Tages aufs Moor hinaus und ward nicht mehr gesehen. Den riesigen Boxerrüden Tigger, der Simon so unfreundlich empfangen hatte, liebte sie wegen seiner Treue und seiner Verwegenheit. Tigger konnte Einbrecher in die Flucht schlagen, wenn er bloß die Lefzen hob.

Simon spürte ein wachsendes Gefühl der Unruhe, das bald in erregte Spannung überging. Er wagte nicht, ihren Erzählfluss zu unterbrechen, aber er wollte endlich etwas über Kitty erfahren. An der Wand befand sich eine riesige Standuhr. Er beobachtete einige Momente, wie ihr Pendel hin und her schwang, gleichmäßig und mit dumpfem, monotonem Klang. In einer Ecke entdeckte er einen Stapel mit Zeitschriften über Hunde, daneben stand ein altes Piano. Man spürte den Zauber vergangener Zeiten.

„Das ist ein hübsches Haus."

„Ich bin hier aufgewachsen. Das obere Zimmer habe ich mit meinen Schwestern geteilt." Sie erzählte, dass es ihr immer schwerer falle, in ihren vier Wänden allein zurechtzukommen. Dann rückte sie umständlich mit der Sprache heraus. „Hinten im Garten steht ein morscher Baum. Fast täglich begleitet mich die Furcht, er könnte eines Tages Schaden am Haus anrichten. Es kommt nicht so oft vor, dass sich ein junger starker Mann in meinem Haus befindet."

„Sie brauchen mir nur zu sagen, wo ich eine Hacke oder Säge finden kann."

Die schrullige Mrs Brown fand großen Gefallen an Simon. Am liebsten hätte sie ihn nie wieder ziehen lassen. Es gab viele Arbeiten, bei denen sie auf die Hilfe eines Nachbarn angewiesen war. In diesem Jahr kämpften sie und einige im Dorf mit dem Rhododendron ponticum, einer besonders aggressiven Sorte der blühenden Heidekrautgewächse, die sich rasend schnell ausbreitete und alles unter sich begrub.

Mrs Brown verschwand in der Küche, um Tee zu kochen. Im Nebenzimmer lief ein betagtes Fernsehgerät. Der Raum war abgedunkelt und nur von dem flimmernden

Licht des Bildschirms erhellt. Plötzlich hörte Simon seinen Namen, eine Telefonnummer wurde groß eingeblendet und dann – sein Bild! Eine Vermisstenmeldung. Rasch schlich er zum Fernseher und drehte den Ton leiser.

„Das war verdammt knapp", dachte er. Sie waren ihm dicht auf den Fersen. Sicher hatten ihn Leute in Manaton beobachtet, die jetzt die Polizei rufen würden.

Auf dem Couchtisch lag eine Zeitung, aufgeschlagen im Chronikteil, wo sich das Kreuzworträtsel befand. SATAN hatte sie für Teufel in die Kästchen geschrieben, ADE für Lebewohl. Das Feuer verbreitete einen sanften, beruhigenden Schein, der etwas Einschläferndes hatte. Da saß er nun, versunken im wuchtigen Fauteuil mit zartem Blümchenmuster, knabberte Kekse und betrachtete die Bilder an der Wand. Diese Wände zogen die Bilanz eines Lebens. Da waren die Fotos ihrer Kinder, als sie noch zur Schule gingen, ein paar Zentimeter weiter waren sie plötzlich groß, schauten von Hochzeitsfotos. Den Mittelpunkt bildete ein Porträt ihres verstorbenen Mannes.

Plötzlich wurden seine Blicke starr. Hier hing ein Bild von Mrs Brown, das sie als junges Mädchen zeigte. Um den Hals trug sie eine Kette. Das Amulett mit dem Marienbild! Simon glaubte, in seinem Kopf würde etwas Heißes explodieren. Es war ganz sicher dieselbe Halskette, die Kitty getragen hatte.

Er nahm das Bild von der Wand. Ging damit auf die alte Dame zu, die gerade aus der Küche kam.

„Diese Halskette, woher haben Sie die?"

„Sie ist hübsch, nicht wahr? Hat mir eine Freundin geschenkt."

„Wie hat sie geheißen?"

Mrs Brown wirkte gelassen. Da war bloß ein kurzes Zucken der Augenwinkel, das ihre plötzliche Unsicherheit verriet.

„Ach, das ist lange her. Ein Mädchen aus der Nachbarschaft. Ich habe sie sehr gemocht. Warum interessierst du dich so für diese Silberkette?"

„Ich habe jemanden getroffen, der diese Kette getragen hat. Ich bin mir ziemlich sicher, dass es genau diese Kette war."

Die alte Dame wirkte noch immer ruhig, aber das leicht gerötete Gesicht und die glänzende Stirn verrieten ihren inneren Aufruhr. Die Hunde hoben die Köpfe und blickten sie teilnahmsvoll an.

„Ihr Name war Kitty. Ein trauriges Schicksal. Es fällt mir schwer, von ihr zu erzählen."

Plötzlich verfiel sie in Schweigen. Ein Schleier schien sich über ihre Augen zu legen und sie wurden ausdruckslos. Sie war jetzt irgendwo anders, weit weg, bei jemandem, den sie einst gut gekannt hatte. Einen Augenblick lang war es so, als würde eine Tote von einem lebenden

Menschen Besitz ergreifen. Dann, mit einem Seufzer, war sie wieder da.

„Wir wollen zuerst die Sache mit dem Baum erledigen. Nachher werde ich dir von Kitty erzählen."

„Nein, so lange kann ich nicht warten. Ich muss es sofort wissen. Wo ist sie? Wo kann ich Kitty treffen?"

Mrs Brown nahm in einem roten Ohrensessel aus Leder Platz. Der Stuhl schien ihren zarten Körper zu verschlucken. Als sie von dem erzählte, was vor 70 Jahren geschehen war, verlor sich ihr Blick in der Ferne. Mitunter schien es, als wollte sie sich besonders genau erinnern. Dann wieder, als suchte sie den größtmöglichen Abstand zum Geschehenen. So, als wäre die Erinnerung eine unerträgliche Last.

„Das Unglück begann damit, dass zwei Geschwister damals eine Leiche im Moor gefunden haben." Sie zögerte kurz.

„Nein, natürlich begann alles schon viel früher."

13

SIMON fröstelte, obwohl das Feuer im Kamin wohlige Wärme verbreitete. Die alte Dame war nervös. Man sah es an ihrem Gesicht, man sah es an ihren Händen, die sie ständig aneinanderrieb, als wäre ihr kalt.

Mrs Brown berichtete von einem jungen lebendigen Mädchen mit roten Haaren. Sie erzählte ihre Geschichte langatmig, mit ausschweifenden Formulierungen, geheimnisvollen Pausen und Anfällen sanfter Traurigkeit. Die Mimik in ihrem Gesicht konnte dabei innerhalb weniger Sekunden wechseln und so unterschiedliche Gefühle wie Freude, Schmerz und Trauer widerspiegeln.

„Hübsch war sie, aber auch immer sehr schüchtern und still", begann sie mit einem Lächeln ... Kitty wurde als Baby von ihrer Mutter weggegeben und kam in das Armenhaus von Newton Abbot. Dort erhielt sie den Namen Jay, was zu dieser Zeit die umgangssprachliche Bezeichnung für eine weibliche Person von zweifelhaftem Ruf war. Sie blieb im Wolborough Armenhaus bis zu ihrem 14. Lebensjahr und musste dort alte Leute pflegen und jüngere Kinder beaufsichtigen. Dann kam sie zu einem Farmer in Dartmoor. Eines Tages sah der Bauer ein Mädchen mit einem Bündel unter dem Arm vor seinem Hof stehen. Ernst und groß die Augen.

„Zu klein und zu schwach", sagte er zum Leiter des Armenhauses, als ihm Kitty vorgestellt wurde. Der Bauer musterte sie gnadenlos. „Was soll ich mit der? Die kann niemals hart arbeiten."

Schließlich wurde sie doch als servant girl aufgenommen. Das Leben einer Dienstmagd auf einer Farm war hart. Hier, in Manaton, führte sie ein erbärmliches Leben. Ihrem Arbeitgeber war es nicht viel wert. Sie wurde wie eine Sklavin gehalten. Kitty musste in der Küche, im Stall und auf dem Feld arbeiten. Ernten, Gras mähen, Kühe melken, Zäune reparieren, den Stall ausmisten, Unkraut jäten.

Ihre Finger waren stets rot von der Arbeit auf dem Feld, im Stall. Und auch vom Versuch, sich am Abend den Geruch von den Händen zu schrubben. In einer winzigen Kammer neben der Küche stand ihr Bett. Ihre Tage waren fast immer grau und die Nächte stockfinster. Den Kopf vergrub sie stets tief im Kissen, damit niemand ihr Weinen hören konnte.

„Ich war damals so alt wie Kitty", berichtete Mrs Brown. „Der Hof der Johnsons steht gleich neben diesem Haus. Mitunter habe ich ihr alte Kleider von mir und meiner größeren Schwester und ein Stück Kuchen geschenkt. Wir haben uns stets heimlich getroffen, der Farmer hatte ihr jeden Kontakt mit Dorfbewohnern untersagt."

Oft sah sie die Freundin auf dem Feld arbeiten. Dann auch beim Gottesdienst am Sonntag, sie war ein sehr gläubiges Mädchen. Der Bauer war ein grobschlächtiger Mann mit schwieligen Händen und einem zotteligen Bart. Er galt als der Reichste im Dorf, besaß als Einziger ein Auto – damals ein fast unerschwinglicher Luxus auf dem Land. Bei der Sonntagsmesse saßen die Johnsons stets in der ersten Reihe, empfingen als Erste die heilige Kommunion. Mrs Johnson war die geschätzte Sopranstimme des Kirchenchors. Gottesfürchtige Menschen allesamt.

„Ich habe damals Mister Johnson gefragt, ob Kitty an Sonntagen zu uns zum Tee kommen darf, doch er hat mich nur schroff zurückgewiesen", erzählte Mrs Brown.

Jeden Tag stand Kitty gegen fünf Uhr morgens auf. Vor der Feldarbeit hieß es Feuer machen, Heißwasser vorbereiten, kochen, Brot backen, putzen, die Böden schrubben, Geschirr spülen, die Kleider waschen. Sie schuftete 14 bis 16 Stunden am Tag, war den Launen und der Willkür ihres Dienstgebers völlig ausgeliefert. Wenn er mit ihrer Arbeit nicht zufrieden war, setzte es Hiebe.

Der Bauer wusste natürlich, dass Kinderarbeit gegen das Gesetz war. Aber wen kümmerte das damals in dieser abgeschiedenen Gegend? Schließlich hatte Mister Johnson schon immer Dienstmägde wie Leibeigene auf der Canna-Farm gehalten.

Kitty hatte Angst. Sie wusste nur zu gut, was geschehen würde, wenn sie ihn wütend machte. Sie hatte immer nur zu gehorchen gelernt. Flucht kam ihr nicht in den Sinn.

Jeder Tag war wie ein Schatten des Vortags. Dieselbe Mühe, dieselbe Ohnmacht. Ihr Leben schien auf einem Gleis zu rollen, das im Kreise verlief, ohne Weichen, ohne Abzweigungen. Es gab keine Menschen, die bemerkten, dass da ein Leben abzugleiten drohte. Sie musste die derben Späße und Nachstellungen der Knechte erdulden. An diese kalte Verachtung und Geringschätzung – gebrandmarkt durch den Namen Jay – hatte sie sich allmählich gewöhnt. Sie gaben ihr dieses schreckliche Gefühl, anders und weniger wert zu sein. Ein Gefühl, das sie ihr kurzes Leben lang begleitete.

Auf dem Hof der Johnsons arbeiteten damals auch zwei Söhne und eine Tochter. Der Bauer begegnete seinen drei Kindern manchmal mit Zuneigung, dann wieder mit Strenge und Jähzorn. Die Johnsons errichteten eine nach außen perfekte Fassade und im Dorf sagte der Pfarrer: „Nehmt euch ein Beispiel, wie die alle zusammenhalten." Doch der Alltag der Menschen auf der Canna-Farm war geprägt von Kälte, gegenseitigem Misstrauen, von vielen leeren Sätzen und unausgesprochenen Gefühlen.

Das Leben in Manaton vor 70 Jahren verlief träge, beschaulich. Wer hier lebte, dachte man, der fühlte sich von guten Mächten wunderbar geborgen. Der wartete getrost auf jeden neuen Tag. Früher, so schien es, waren sich die Leute im Dorf näher. Die Männer saßen nach getaner Arbeit schwatzend unter der großen Linde auf dem Dorfplatz, während die Dorfmühle gemächlich Weizen mahlte. Begleitet von den dumpfen Schleiftönen der Granitsteine sprachen sie über den günstigsten Zeitpunkt der Aussaat, die Reife der Feldfrucht und die Barmherzigkeit des Allmächtigen.

Ein Heimatverein war bemüht, Tradition und Brauchtum zu pflegen. Auf der Straße spielten Kinder, selten sah man ein Auto. In Manaton ließ man nachts die Türen offen und wenn beim Kochen einmal Mehl oder ein Ei fehlte, fragte man den Nachbarn. Man half in Manaton, wenn jemand Hilfe brauchte. Doch hinter dem scheinbar harmonischen Alltag lauerte Gewalt.

Eines Tages, die Familie des Farmers war mit Waldarbeiten beschäftigt, kam Kitty aufgeregt zu ihrer Freundin Mary.

„Kannst du ein Geheimnis für dich behalten? Stell dir vor, ich habe mich in Steven verliebt. Niemand darf es am Hof erfahren. Der Farmer würde mich sofort hinausschmeißen. Auch für Steven hätte es schlimme Folgen. Er wagt es nicht, mit seinem Vater zu reden. Er würde niemals zustimmen, dass sein Sohn eine Dienstmagd heiratet."

Dann zog sie einen glitzernden Gegenstand aus der Schürze. „Das ist ein Geschenk von Steven. Wir haben uns heimlich verlobt. Ich kann diese Kette natürlich nur in meiner Kammer tragen. Aber bei dir darf ich mich endlich in den Spiegel schauen."

Mrs Brown erzählte von ihr mit solcher Leidenschaft, als wollte sie die glücklichen Augenblicke wieder einfangen, sie für Sekunden zurückholen. Dabei schaute sie auf die Hügel des Moors, die von der untergehenden Sonne golden gefärbt waren. Es war eine ganz eigene Stimmung, die Herzen und Zungen öffnete.

„Ich weiß es noch wie heute, als sie in den Spiegel blickte. Da ging ein Strahlen von ihr aus, das den ganzen Raum zu erhellen schien. Sie wirkte unsagbar glücklich, nie zuvor habe ich sie so unbeschwert erlebt."

Sie erzählte von der Sehnsucht eines Mädchens, das sich mit schwärmender Verliebtheit danach sehnte, in die Liebe einzutauchen und nie wieder auftauchen zu müssen.

Der Sohn des Farmers, ein schüchterner Bursche, galt beim Vater als Schwächling. Er hatte seine ganzen Ersparnisse zusammengekratzt und ein edel gestaltetes Schmuckstück aus 925 Sterling Silber, das war Silber mit einem geringen Anteil Kupfer, gekauft. Steven fand die eitle Selbstgefälligkeit und Frömmelei der Eltern unerträglich. Sehr oft ließen sie ihn, dem Versager, ihre Geringschätzung spüren.

„Aber so kann es nicht weitergehen", erklärte Kitty damals. „Ewig können wir uns nicht verstecken. Steven hat mir vorgeschlagen, dass wir von hier verschwinden."

Die zwei Verliebten, die ihre Liebe nicht zeigen durften, wollten nach Südschottland, nach Gretna Green.
Dort konnten minderjährige Paare ohne Zustimmung der Eltern heiraten.

Nach diesem glückseligen Tag im März hatte Kitty Jay noch genau fünf Monate zu leben.

Noch ließ sich Mrs Brown nichts anmerken, ihre Miene war nun ernst, der Blick gesenkt, die Haltung um Würde bemüht. Simon blickte sie forschend an. Wie konnte dieses jähe Glück ein so plötzliches Ende finden?

„Was ist passiert? Sind die beiden nicht fort aus Manaton?"

Die plötzlich einbrechende Stille ließ erahnen, dass die Geschichte ihrem tragischen Ende entgegensteuerte.
Die alte Dame hatte Simons Frage verstanden. Sie konnte sich auch genau an die damaligen Ereignisse erinnern.
Doch selbst das mehrmalige Nippen am Tee konnte dieses Ende bloß hinauszögern. Während sie zuvor stets leise gesprochen hatte, wurde sie plötzlich bestimmter, ziemlich bestimmt für eine alte Frau:

„Kitty wurde schwanger. Steven war hin- und hergerissen zwischen seiner Liebe und seinem Elternhaus. Sollte er mit seiner Verlobten sofort den Hof verlassen? Da waren schließlich noch sein Vater und seine Mutter, denen er Gehorsam schuldete, seine Geschwister und Freunde."

Als der Farmer von dem Kind erfuhr, stieß er das Mädchen in sein Auto und fuhr mit ihr nach Plymouth. Dort kannte er eine alte Frau, eine ehemalige Krankenschwester, die auf dem Küchentisch Abtreibungen vornahm. Doch Kitty wehrte sich, schrie und tobte. Der Bauer sagte, er habe kein Interesse, für den unehelichen Balg seines Sohnes zu zahlen. Außerdem: der Skandal im Dorf! Kitty wollte ihr Kind behalten und so forderte er sie auf, ihre Sachen zu packen und zu verschwinden. Für ihn und seine Frau war klar: Dieses dahergelaufene Mädchen hatte sich an ihren Sohn herangemacht, dieses Flittchen aus dem Armenhaus hatte auf ihrem Hof nichts mehr verloren. Was konnte man auch von einem Mädchen mit dem Namen Jay erwarten? Eine Dienstmagd mit einem „Kind der Sünde" auf dem eigenen Hof – ein Ding der Unmöglichkeit!

Steven musste sich augenblicklich entscheiden, als seine schwangere Freundin weinend zwischen ihm und seinem Vater stand. Für oder gegen Kitty.

Es geschah an einem Sommertag mit heiß flimmerndem Licht und aufkommender Schwüle. Als die sorgsam errichtete Fassade einstürzte und der Hof der Johnsons zum Sinnbild menschlicher Niedertracht, Heuchelei und Scheinheiligkeit wurde. An jenem heißen Tag im August entzogen dem idyllischen Ort offenbar alle guten Mächte ihre schützenden Hände. Es war der Tag, der „alles" verändert hat. Seither war kaum ein Jahr vergangen, in dem Mrs Brown nicht gedacht hätte, man müsste die Zeit zurückdrehen können …

14

ZWEI Männer pochten an die Tür der Canna-Farm.

Sie kamen aus Tavistock und führten einen Haftbefehl mit sich. Die Expertise der Gerichtsmedizin in Plymouth war eindeutig: Das Mädchen aus dem Moor hatte einen gewaltsamen Tod erlitten.

Die Kriminalisten hatten nach mühevoller Kleinarbeit ermittelt, dass es sich bei der Toten um ein Waisenkind mit dem Namen Kitty Jay handelte, das zuletzt auf der Canna-Farm des Landwirts Richard Johnson beschäftigt gewesen war. Das Mädchen war vom Leiter des Wolborough Armenhauses in Newton Abbot eindeutig identifiziert worden. In Manaton hatten zwei Personen ausgesagt, der Farmer habe vor einem Jahr erzählt, das Mädchen persönlich nach Newton Abbot zurückgebracht zu haben. Doch eine Kitty Jay war damals im Armenhaus nie angekommen.

Der Farmer verwickelte sich in Widersprüche, zuerst sprach er von einem Unfall, dann von Selbstmord, schließlich beschuldigte er sogar den eigenen Sohn. Die Polizei nahm ihn fest. Hatte er das Mädchen auf der Fahrt nach Newton Abbot getötet und die Leiche ins Moor geworfen? Oder hatte der seit einem Jahr verschwundene Sohn etwas mit Kittys Tod zu tun? Die Kriminalisten konnten ermitteln, dass das Verschwinden des Sohnes Steven Johnson mit dem von dem Pathologen geschätzten Todeszeitpunkt zusammenfiel.

Was Mrs Brown weiter berichtete, ließ ihre Stimme brechen. Sie hielt eine Hand vor den Mund, als wollte sie sich vor ihren eigenen Worten schützen. Sie konnte kaum ertragen, was sie preisgaben, selbst nach 70 Jahren nicht.

„Die Polizei kam auch zu mir. Ich wusste von Steven, dass sich Kitty an jenem Tag im August gegen Mitternacht in der Scheune erhängt hatte. Ihr Freund hatte sich nach heftigem Druck und Drohungen seiner Familie entschieden, auf dem Hof zu bleiben.

Er werde die Polizei auf ihn hetzen, so der Vater, ihn aufspüren, egal, wo immer er sich mit diesem Mädchen verstecke. Es hatte noch eine letzte Aussprache zwischen den beiden gegeben. Über ihre Liebe, das Kind, die Zukunft.

Kitty wusste nur zu gut, dass sie mit einem Kind niemals eine Beschäftigung in der Region finden würde, ins Wolborough Armenhaus konnte sie mit dem Ruf einer Schlampe nicht zurückkehren. Niemand hatte ihr in den Wochen zuvor geholfen, ihr Unterstützung angeboten. Der Pfarrer von Manaton wies ihr die Tür, verurteilte im Beichtstuhl ihre Unmoral. Ich riet ihr, zu diesem Kloster zu gehen, ganz sicher würde dort ein Ort des Erbarmens zu finden sein. Doch der damalige Abt schickte sie weg.“

Die alte Dame blickte stumm aus dem Fenster, im fahlen Licht sah ihr Gesicht hart und bleich aus.

„Ich sah einen letzten Ausweg und bestürmte meine Eltern, Kitty bei uns aufzunehmen. Doch mein Vater sprach sich dagegen aus. Er hatte für drei Kinder und eine Frau zu sorgen."

Sie schaute über den Brillenrand und ihr Blick sagte, was sie nur zögernd aussprach.

„Wohin sollte Kitty gehen? Ihre Situation war unter den damaligen Verhältnissen ausweglos. Es blieb ihr nur der Strick. Um die anderen nicht zu wecken, war sie barfuß aus ihrer Kammer geschlichen und hatte sich am Dachbalken der Scheune erhängt."

Mrs Brown sank in ihrem Stuhl zurück und schwieg. Es war plötzlich so still, dass Simon das laute Ticken der großen Standuhr unerträglich schien.

„Gefunden wurde sie am Morgen von der Frau des Farmers. Sie war durch heftiges Hundegebell aus der Scheune geweckt worden. Kitty starb nur wenige Tage vor ihrem 16. Geburtstag. Steven kam zu mir, er gab mir die Kette und bat mich, ich solle sie als Erinnerung an Kitty behalten. Ich sei ihre einzige Freundin gewesen. Ich musste ihm versprechen, niemandem vom Selbstmord zu erzählen, denn er wolle seinen Eltern keinen Schaden zufügen. Sein Vater fürchte um sein Ansehen im Dorf. Er werde jetzt weggehen, den Hof der Eltern für immer verlassen, niemand solle Fragen stellen."

Die Johnsons hatten wenige Tage nach Kittys Tod vor der Sonntagsmesse erzählt, das Mädchen sei wieder in das Armenhaus von Newton Abbot zurückgekehrt, sie sei für die Arbeit am Hof zu schwach. Steven sei nach London gereist und werde dort eine Kaufmannslehre beginnen. Er wolle dort sein Glück versuchen – wie so viele Auswanderer dieser armen Gegend. Einige im Dorf wunderten sich, dass zwei Personen der Canna-Farm gleichzeitig verschwunden waren.

Aufgrund der Aussage von Mrs Brown wurde der Farmer enthaftet. In den Morgenstunden habe er in jener Augustnacht die Leiche heimlich weggebracht, gab Richard Johnson zu Protokoll. Er musste der Polizei auch die Stelle bei Oakhampton zeigen, wo er die Tote im Moor abgelegt hatte.

Der Farmer bestritt heftig, Kitty misshandelt zu haben. Die von dem Pathologen festgestellten Verletzungen müssten allein von der Arbeit stammen. Die junge Dame sei „stets etwas ungeschickt" gewesen …

Die Staatsanwaltschaft gab die Leiche zur Beerdigung frei. Da Kitty Jays letzter Wohnsitz Manaton war, sollte sie auch dort begraben werden. Doch der Dorfpfarrer sprach sich entschieden gegen ein christliches Begräbnis aus. Damals galt Selbstmord als Verbrechen und schwere Sünde. Eine Selbstmörderin könne niemals in geweihter Erde bestattet werden. Auch die Pfarrer von North Bovey und Widecombe-in-the-Moor verweigerten eine Grabstelle auf ihren Dorffriedhöfen. Eher brachen sie die Herzen der Menschen als ein Gesetz der Kirche.

Sie hatten auch keine andere Wahl, denn nach dem damals gültigen Kirchenrecht wurden Pfarrer mit Amtsentzug und Kirchenbann bedroht, falls sie „Ungläubige, Ehebrecher, Abtrünnige und Selbstmörder" beerdigten. Und Kitty Jay hatte sich schließlich „mit Bewusstsein und Überlegung" das Leben genommen – auch das ihres ungeborenen Kindes, somit doppelt sündhaft gehandelt.

Als Mrs Brown von jenen Tagen im Oktober sprach, ballte sich ihre rechte Faust um das zerknüllte Taschentuch. „Man hat sie in einer Herbstnacht an einer Wegkreuzung verscharrt, damit ihr friedloser Geist nicht den Weg zu denen fände, die sie so erbärmlich schlecht behandelt hatten."

Die Felder waren damals schon lange leer. Weizen, Gerste, Hafer, Roggen – alles war eingebracht. Nur der Mais stand an der Weggabelung noch da, dürr und raschelnd. Dort gruben drei Männer mit ihren Spaten. Der Leichnam wurde mit dem Gesicht nach unten bestattet. Schon im Mittelalter hatte man Selbstmörder so beerdigt, das sollte die negativen Kräfte nach unten lenken.

Die Nachrichten von der Verhaftung des Farmers und dem Selbstmord des Mädchens breiteten sich in den Dorfstraßen aus wie Feuer auf verschüttetem Benzin. In Manaton, dem Dorf mit 375 Einwohnern, wo jeder jeden kannte, wo die Einheimischen immer stolz auf ihren Zusammenhalt waren, hat der tragische Vorfall das Miteinander der Menschen zerstört. Nicht wenige fanden, das arme Mädchen habe sich seinen Platz auf dem Dorffriedhof verdient. Plötzlich tauchten Dutzende Grablichter an der frisch aufgegrabenen Erde der Wegkreuzung auf. Auch immer wieder Blumen. Es war ein stummer Protest gegen die herrschende Moral, gegen den Pfarrer, der von der Kanzel herab die harte Linie der Kirche verteidigte, gegen den Bürgermeister. Kittys letzte Ruhestätte wurde schnell als Jay's Grave bekannt.

In diesen Tagen im Oktober war es in Manaton jäh vorbei mit der Heideland-Idylle. Kittys Schicksal spaltete die Dorfgemeinschaft. Der Riss ging durch Familien. Kinder zerstritten sich mit ihren Eltern. Viele fanden, dass gottesfürchtige Menschen mit einer minderjährigen Bauernmagd so nicht umgehen dürfen. Nicht zu Lebzeiten und nicht im Tode.

Doch viele Bewohner der Region ließ Kitty Jays Tod unberührt oder zumindest taten sie so, als ginge sie das alles nichts an. Schließlich war dieses Mädchen kaum jemandem bekannt gewesen, obwohl es fast zwei Jahre in ihrer Mitte gelebt hatte. In der Gaststube versammelten sich wie immer die Menschen und besprachen das Tagesgeschehen. Das schlechte Wetter, die Ernteausfälle, der Tod eines Betrunkenen im Bachbett, dass die Kuh endlich kalbt und die Sau ihr Schlachtgewicht erreicht. Sie machten sich nicht auf die Suche nach dem Sinn dieses tragischen Schicksals einer Dienstmagd. Fragten sich nicht, wozu es sie aufrief.

Plötzlich wurde in Manaton über das ungeklärte Schicksal einer anderen Magd getuschelt. Selbst gute Freunde beargwöhnten einander. Hinter der Bilderbuchkulisse des Dorfes mit der alten Kirche, dem plätschernden Bach und den netten Menschen taten sich Abgründe auf. Ausgerechnet hier, wo alles so heimelig war, die engen Gassen, das Kopfsteinpflaster, die Blumenkästen vor den Fenstern. Ein behaglicher Flecken Erde, wo man Zusammenhalt und Gemeinschaft erwarten würde. Gerade in schwierigen Situationen.

Doch hatten sich nicht schon immer kleine Risse in diesem Frieden gezeigt? Risse, in die sich das Böse eingenistet hatte. Es musste stets lauernd bereitgelegen sein. In diesem Landstrich Englands gab es Regeln, Vorurteile und Übereinkünfte, die Menschen zu einer dumpfen, hermetisch abgeschlossenen Gemeinschaft zusammenschweißten.

Für die Johnsons wurde das Leben in Manaton bald zur Last. Im Dorf wurde gegafft und getratscht. Mitbürger mieden den Kontakt, manche im Ort grüßten nicht mehr oder wechselten schnell die Seite des Bürgersteiges.

Sie mussten lernen, mit diesen Blicken zu leben. Blicke, in denen dreiste Neugierde, Verachtung, selten auch Mitleid zu lesen waren. Die Familie erschien auch nicht mehr zum Gottesdienst, da sie von jungen Bewohnern vor der Kirche als „scheinheiliges Pack" und „Kindermörder" beschimpft worden waren.

„Seit Kittys Tod scheint ein Fluch über Manaton zu liegen", erzählte Mrs Brown. „Der Hof der Johnsons neben mir steht seit 30 Jahren leer. Was aus den Bewohnern geworden ist, weiß niemand. Und dort, auf der anderen Seite der Straße, da wohnt auch schon lange niemand mehr."

Die Menschen starben oder zogen weg, selten kam jemand nach. Allmählich verfielen die Häuser und Gehöfte. Manaton vergilbte wie eine alte Ansichtskarte.

Einmal, so erzählte man sich, soll ein blutiges Kreuz wie von Geisterhand an der mächtigen Hoftür der Canna-Farm erschienen sein. Niemand hatte eine Erklärung dafür, dass im folgenden Jahr viele Rinder des Dorfes starben. Sie hatten sich plötzlich so verhalten, als würden sie ein Raubtier wittern. Und dann gab es wenig später noch dieses rätselhafte Fischsterben im Fluss, das die Leute an den Fluch glauben ließ. Das Dorf, an dem der Name einer jungen Selbstmörderin zäh und fest klebte, wirkte immer mehr wie ein dem Tode geweihter Ort.

Mrs Brown setzte ihre Teetasse ab, dass es klirrte. Aus dem Gefäß roch es nach Hagebutte und auch ein bisschen nach Schnaps. Jetzt verstand Simon auch, warum sie in den letzten beiden Stunden mit der leeren Tasse immer wieder in der Küche verschwunden war, bevor sie sich im Zimmer Tee nachgeschenkt hatte.

Ein letzter Rest der Scheite im Kamin glühte noch und verbreitete einen ungewissen Schein. Sollte er der alten Dame jetzt von seiner nächtlichen Begegnung mit Kitty berichten? Mrs Brown erschien ihm so aufgewühlt und auch etwas benebelt vom Alkohol, dass er sich vornahm, von seinen Erlebnissen im Kloster erst morgen zu erzählen. Morgen wollte er sie auch ersuchen, ihm die Silberkette zu zeigen. Er ahnte, dass diese Kette ein wichtiger Bestandteil bei der Lösung des Rätsels war. Wenn sich Kittys Halskette tatsächlich in diesem Haus befand, konnte er in Buckfast Abbey nur einem Geistwesen begegnet sein.

„Sie haben doch sicher auch Bilder von damals. Ist vielleicht auch ein Foto von Kitty dabei?" Mrs Brown schien jäh aus ihrer Starre zu erwachen. Ihre Züge hellten sich schlagartig auf.

„Richtig, dumm, dass ich nicht sofort daran gedacht

habe. Es muss ein Bild geben, damals, als Kitty zufällig bei der Geburtstagsfeier meiner Mutter aufgetaucht ist."

Wenig später hatte sie mehrere Fotoalben vor sich liegen, die eine Antwort geben sollten. Simon nahm neben ihr Platz. Sie blätterte hastig, zeigte auf ein vergilbtes Bild, das sie als Zweijährige zeigte. Sie saß auf einem Schaukelpferd, daneben standen zwei Schwestern. Simons Blicke streiften Fotos von Gartenfesten, Familienfeiern und Kindergeburtstagen in schier endloser Wiederkehr. Immer wieder Kinder – mit Meerschweinchen im Arm, mit Katzen und Hunden.

Endlich schien sie das gesuchte Bild gefunden zu haben. Es war ein verblichenes, etwas grobkörniges Schwarzweißbild.

„Schade, das Bild ist alt und meine Augen sind schlecht. Ich kann Kitty nirgends erkennen. Sie muss neben mir zu sehen sein."

Doch auch Simon fand sie nicht. Ausgerechnet die Person, die Kitty Jay darstellen sollte, war bis zur Unkenntlichkeit verblasst, die Eltern und Geschwister von Mrs Brown waren hingegen noch gut erkennbar.

Beim Umblättern fiel ein Blatt Papier zu Boden.

15

Es war eine flüchtige Handschrift mit kleinen Buchstaben, schräg, als würden sie gleich umfallen: *Liebe Mary, ich kann nicht mehr. Du warst eine gute Freundin. Verzeih mir!*

Hier lag der Zettel, den Steven in Kittys Kammer gefunden hatte und noch einige hingekritzelte Worte mit der Bitte, sie zusammen mit der Kette der Tochter des Nachbarn zu übergeben.

„Merkwürdig, ich habe diese Nachricht von Kitty längst vergessen."

Ein paar Zeilen auf einem Blatt Papier. Eine Kette. Eine Grabstelle und viele Erinnerungen, alles, was von dem Waisenkind übrig geblieben war.

Und nun musste sie doch weinen. Sie versuchte vergeblich, gegen die Tränen anzukämpfen. Simon legte ihr eine Hand um die Schulter.

Dann saßen beide da und schwiegen.

Gleich darauf griff sie wieder zu ihren Alben, in denen sie in einsamen Stunden oft blätterte. Sie hielt sich an ihnen fest wie an einem Geländer, das ihr Halt geben soll. Wie ein Schiffbrüchiger am Rettungsring.

Nun, im hohen Alter, betrachtete sie ihr Leben mit geschärfter Aufmerksamkeit. Besonders in einsamen Winternächten wühlten die Gedanken in der Vergangenheit.

Manchmal ballte sich die Erinnerung zu dieser schweren, dunklen Masse. Sie hatte in Gedanken und Träumen mit Kitty geredet, hatte immer wieder die Augenblicke durchlebt, die sie mit ihr zusammen gewesen war.

Ihr war damals zum Weinen zumute gewesen und das Leben hatte als etwas Grausames und Fremdes auf ihr gelastet. Sie hatte auch gebetet, doch es war ihr so unendlich schwergefallen zu verstehen, warum Gott das alles zugelassen hatte. Auch die Eltern hatten ihr keinen Trost spenden können. Sie war jedoch niemals wütend gewesen. Wut sei eine Schwäche, hatten ihr die Eltern früh beigebracht.

Vor 70 Jahren hatte sie weg wollen von diesen Menschen, die kein Erbarmen kannten. Sie hatte diesen Ort verachtet. Aber Manaton war ein unschuldiges Dorf. Es war nicht verantwortlich für die Menschen, die hier wohnten.

„Kittys Grab liegt übrigens keine 100 Yards von meinem Haus entfernt. Wenn ich auf dem Balkon stehe, kann ich ihr zuwinken", schloss die alte Dame.

Mit Kittys Tod verband sie ein besonders schmerzliches Erlebnis. Von ihrem Balkon aus hatte sie mit ihren Schwestern beobachten können, wie damals in der Nacht ein weißes Bündel in einer Grube bei der Wegkreuzung verschwunden war. Es dauerte stets nur einen Augenblick, dann wurden die Bilder von damals wieder lebendig: Schonungslos scharf und erbarmungslos ewig blieben sie in ihrem Gedächtnis gespeichert. „Es sind diese Bilder in meinem Kopf, die mich wie böse Geister verfolgen."

Die Hunde, die bisher geduldig in ihren Winkeln verharrt hatten, begannen unruhig zu werden und knurrten. Sofort wurden sie versorgt. Simon half mit, kratzte Futter aus Dosen. Speedy bedankte sich mit sanften Nasenstupsern. Zärtlich streichelte Mrs Brown Josh, ihr Sorgenkind, das nun Hundebiskuits aus ihren Händen fraß. Der Hirtenhund hatte in einem Bein Arthritis und hinkte. Josh war 14 Jahre alt und um die Schnauze herum schon ganz weiß. Sie hatte ja nichts anderes als ihre Tiere. Sie waren ihr Lebensinhalt und gaben ihr das Gefühl, doch noch gebraucht zu werden.

Der Wind fuhr mit einem schaurigen Geräusch durch den Abzugsschacht des Kamins. Simon duckte sich rasch. Dort draußen schlich ein Polizeiwagen vorbei. Für einen Moment dachte er, er würde anhalten. Der Himmel wechselte seine Farbe von Dunkelblau auf Schwarz.

„Wissen die Menschen im Dorf noch etwas über Kitty?", wollte er wissen.

„Ein paar Alte vielleicht", meinte sie resignierend. „Einmal haben mich die beiden Geschwister besucht, die Kittys Leiche im Moor gefunden haben. Sie kamen aus

Oakhampton und wollten alles über ihr Schicksal wissen. Wir haben gemeinsam das Grab besucht. Charles und Sarah schicken mir noch heute Weihnachtsgrüße. Inzwischen haben sie die Geschichte vom Mädchen im Moor bereits ihren Urenkeln erzählt. Wenn du willst, kann ich dir die Adresse geben."

Der letzte Leichenfund in Dartmoor lag nun 25 Jahre zurück. Torf wurde heute kaum mehr per Hand gestochen. Leichen fielen unbemerkt den großen Torfabbaumaschinen zum Opfer, die Körper zerhäckselten. Für Simon stand fest, dass er diese Geschwister irgendwann besuchen wollte.

„Es lebt aber noch jemand hier in Manaton, der Kitty gekannt haben muss. Es ist Creepy Ron, der Organist unserer Kirche. Er war früher Mönch in Buckfast, ist aber ausgetreten, weil er dort halb irre geworden ist."

Der alte Mann an der Orgel war also einst Mitglied der Mönchsgemeinschaft gewesen. Es war Simon sofort merkwürdig erschienen, dass er über Einzelheiten des Klosters Bescheid wusste, die eigentlich nur ein Mitbruder wissen konnte. Er musste den verstorbenen Bruder Michael gut gekannt haben – vor allem wegen dessen Leidenschaft für das Orgelspiel.

Wer noch vor 30 Jahren Kittys Namen nannte, stieß in der Ortschaft am Rande des Moors auf Schweigen. Oder auf kalte Zurückweisung. Ein paar Einheimische sprachen auch heute noch von der seltsamen Atmosphäre, die von Kittys Grab ausging. Sie nahmen oft einen Umweg in Kauf, um dieser Stelle auszuweichen. Hier sei noch nie ein Vogel oder Moortier im Umkreis von 30 Yards gesehen worden, hieß es. Mitunter scheute dort ein Pferd, der Weg wurde von Reitern gemieden. Früher seien sogar Autofahrer von der Straße abgekommen, weil sie versuchten, einer Gestalt auszuweichen, die vor dem Fahrzeug über die Straße huschte und dann in den Hecken verschwand.

„Weißt du, Simon, ich bin hier groß geworden", erklärte Mrs Brown. „Die Bewohner in diesem Landstrich glauben eben an das Übernatürliche."

Vor 20 Jahren wollte der neue Besitzer des Grundstückes, auf dem sich Kittys Grab befand, die Geschichte des Mädchens aus Manaton nicht glauben. Er bezweifelte, dass an der Wegkreuzung tatsächlich ein Mensch bestattet worden war. Er hieß James Bryant und stammte von Hedge Barton. Seine Zweifel waren berechtigt, schließlich gab es nur eine Augenzeugin, die alte Mrs Brown. Und die galt im Dorf wegen ihrer Hunde als etwas merkwürdig und verschroben. Alle übrigen Bewohner waren in den vergangenen 50 Jahren entweder verstorben oder weggezogen. Auch hegte die Mehrheit der jetzigen Bewohner Zweifel an der Echtheit der Grabstelle. Manche behaupteten, dort seien bloß Tierknochen vergraben.

Bryant ließ das Grab von zwei Knechten öffnen und stieß tatsächlich auf ein menschliches Skelett.

Sein Schwiegersohn war Arzt in St. Ives, Cornwall. Er hieß James W. Sparrow und erklärte einem Zeitungsreporter der Devonshire Notes, dass das Gerippe eindeutig einer Frau zuzuordnen sei. Der Grundstücksbesitzer ließ dann die Gebeine in eine Kiste legen und an die Stelle zurückbringen, wo sie entdeckt worden waren.

James Bryant hat auch den heutigen Erdwall über der Ruhestätte und den Grabstein errichtet. Vor zehn Jahren setzten die Ranger des Dartmoor-Nationalparks Randsteine rund um das Grab, um es vor Beschädigungen zu schützen.

„Ein Rätsel lässt mich bis heute nicht ruhen", schloss Mrs Brown. Ein kurzes Zögern huschte über ihr Gesicht wie das Flackern einer Kerze, die unvermittelt von einer Brise erfasst wird. „Woher kommen die frischen Blumen, die auch heute noch immer wieder auf Kittys Grab zu finden sind?"

„Frische Blumen? Auf Kittys Grab? Die werden wohl von Ihnen sein."

Sie sah ihn einen Moment mit einem mürrischen Ausdruck an. „Eben nicht. Klar, dass auch ich mitunter Blumen auf das Grab lege. Aber es gibt noch eine andere Person, die immer wieder bei Kitty erscheint. Nicht einmal ich kann dieses Rätsel lösen."

16

NIEMAND in Manaton hat eine Erklärung dafür. Lange verdächtigte man die Schriftstellerin Beatrice Chase, die sich in Dartmoor angesiedelt hatte, weil sie die Heidelandschaft liebte und hier eine Quelle für ihre Inspiration zu finden glaubte. Tatsächlich gelang ihr mit „The Ghost of the Moor" ein Bestseller. Doch als die exzentrische Dame 1955 im Alter von 81 Jahren starb und in Widecombe bestattet wurde, lagen schon am Tag nach ihrem Begräbnis abermals frische Blumen auf Kittys Grab.

Vielleicht wurde Kittys Ruhestätte von dem unerlösten Geist einer jener Personen heimgesucht, die ihr tragisches Ende mitzuverantworten hatten. Dorfbewohner berichteten, sie würden in manchen Nächten eine gebeugte, gebrechliche Gestalt im dunklen Mantel und mit hochgeschlagenem Kragen beim Grab beobachten. Sie trug stets einen breitkrempigen Hut oder eine tief ins Gesicht gezogene Kapuze. Handelte es sich um Stevens hartherzigen Vater, den Pfarrer oder vielleicht Steven selbst, die dazu verdammt waren, ewige Wache an dem Platz zu halten, an dem ihr Opfer mit dem ungeborenen Kind ruhte?

Vielen blieb auch der Tod des Pathologen aus Plymouth ein Rätsel, der mit seiner gewissenhaften Arbeit den Kriminalfall rund um Kitty Jay ins Rollen gebracht hatte. Doktor

David Blakely starb bei einem Autounfall, dessen nähere Umstände niemals geklärt werden konnten. „Plötzliches Bremsversagen" vermerkte das Polizeiprotokoll knapp. Doch für einige Bewohner des Dartmoor stand fast: Der Arzt war ein Opfer der „Haarigen Hände" geworden, die nachts Autofahrern ins Lenkrad greifen und sie in den Abgrund steuern. Viele sagten damals, der Mann habe mit seinem Gutachten eine Tür geöffnet, die besser geschlossen geblieben wäre.

Es war eine halbe Stunde vor Mitternacht. Mrs Brown unterdrückte ein Gähnen. Die Lider hingen tief über ihre schläfrigen Augen herab, so als würde sie jeden Moment einschlafen. Ihre Stimme war immer brüchiger geworden, während sie das alles erzählte. Auch Simon konnte kaum mehr einen klaren Gedanken fassen. Das Mädchen, das er gestern getroffen hatte, sollte seit 70 Jahren tot sein? Warum war Kitty nach so langer Zeit wieder in Buckfast aufgetaucht, wo sie einst fortgeschickt worden war?

„Morgen werde ich dir die Grabstelle zeigen."

„Wissen Sie auch etwas von Kittys damaligem Freund? Lebt er noch? Ist Steven nie mehr nach Manaton zurückgekehrt?"

„Nachdem er seine Eltern verlassen hatte, ist er möglicherweise wirklich nach London gezogen. Seine Spuren verlieren sich in Dartmoor, niemand hat jemals eine Nachricht von ihm bekommen. Es scheint, als ob auch ihn das Moor mit Haut und Haaren verschluckt hätte."

Vom Feuer war jetzt nur noch ein Flämmchen übrig, das an einem schwelenden Scheit hin und wieder aufzuckte. Von den Resten der Glut ging nur noch ein rötlicher Schimmer aus, der den Kamin erhellte. Mrs Brown saß da wie eine, die am Rand der Welt vergessen worden war, am Lebensrand. Der düstere Schleier der Schwermut und der Einsamkeit überschattete oft ihre Gedanken und ihre Gefühle. Einsamkeit war Kälte, die in die Seele kroch und den Menschen erstarren ließ.

Sie erzählte von ihren beiden Töchtern, die immer nur am Muttertag bei ihr auftauchten. Die Besuche waren kurz und fielen immer etwas verkrampft aus:

„Hey Mummy, gut siehst du aus. Deine Enkel lassen schön grüßen. Judy ist schwanger, du wirst bald Urgroßmutter."

Es waren Familientreffen, bei denen nicht Liebe im Mittelpunkt stand, sondern Gier. Sie hatte die Stimme ihrer ältesten Tochter im Ohr: „Mutter, wie kann man sein Haus nur so verkommen lassen?"

„Viele sagen, es wäre leichter, alles zu verkaufen und wegzugehen, und vielleicht stimmt das sogar, aber für mich ist das undenkbar." Der Gedanke, dass alles, was ihr lieb und teuer war, schon bald auf dem Müll enden würde, brach ihr fast das Herz.

Es war plötzlich spürbar kälter geworden. Lag es nur daran, dass das Feuer im Kamin ausgegangen war – oder gab es noch eine andere Ursache? Und dann geschah etwas höchst Merkwürdiges. Jedermann kennt das Flackern, bevor eine Glühbirne ausgeht. Genau das geschah jetzt. Sie flackerte nur kurz und erlosch. Simon hatte schon die Hand ausgestreckt, weil er dachte, die Birne habe sich bloß in der Fassung gelockert. Doch er merkte sofort, dass da nichts mehr zu machen war.

„Mitunter spüre ich auch so merkwürdige Schwingungen. Dann glaube ich, Kitty vor den alten Mauern der Canna-Farm zu sehen. Ganz spät, wenn niemand mehr auf der Straße ist. Oft denke ich, dass sie die Farm niemals verlassen hat. Vielleicht ist ihre Seele einfach dort geblieben, wo sie zuletzt so bittere Stunden ihres kurzen Lebens verbracht hat."

Manchmal glaubte sie auch, Schritte auf der Treppe zu hören. Ihre Gäste lugten oft durchs Fenster, als hofften sie und fürchteten doch zugleich, im Dämmerlicht hinter den geblümten Vorhängen finstere Geistererscheinungen zu sehen.

„Zur Verblüffung meiner Gäste springt ab und zu das Fenster im Fremdenzimmer auf. Einmal beobachtete ich am Morgen beim Frühstück, wie eine Dame aus Liverpool mit zitternder Hand die Kaffeetasse hielt. Sie erklärte, jemand sei vor ihrem Fenster umhergewandert, sie habe eine silhouettenhafte weibliche Gestalt gesehen."

Nach einigen Momenten der Stille hörte Simon eine Stimme aus der Finsternis.

„Was möchtest du morgen zum Frühstück? Gebackene Bohnen? Schinken mit Eiern? Toast mit Marmelade?"

„Mrs Brown, ich gehe jetzt schlafen", sagte Simon, nachdem er seine Wünsche mitgeteilt hatte. „Vielen Dank für alles, bis morgen."

„Bis morgen", stöhnte sie und erhob sich ächzend.

17

DAS kleine Zimmer war gemütlich. Simon blickte aus dem Fenster, hinüber zur Canna-Farm, zu Kittys einstigem Zuhause. Auf dem Hoftor krächzten einige Raben. Im Hintergrund ragte die Silhouette des schiefen Kirchturms hoch in die schwarze Nacht. Über allem lag ein Friede, den er nicht begreifen konnte. Eine Idylle, die ihm unerträglich schien.

War es tatsächlich möglich, dass sich Kitty vor diesem Fenster gezeigt hatte? Dass sie nachts durch dieses Haus spukte? Die Schritte auf der Treppe, die merkwürdigen Schwingungen. Wohl kaum etwas war so unheimlich als ein Mensch, der nie Gestalt annahm.

Er wusste plötzlich, dass er Kitty sehr nahe war. Sicher beruhte vieles, was die alte Dame erzählt hatte, auf Einbildung. Außerdem: Alle alten Häuser knarren. Aber dieses Haus hatte gewiss etwas Magisches, wenn die Fliesen des Vorzimmers im fahlen Licht des Mondes verschwammen, heftige Windböen gegen die Fensterscheiben drückten und das Gemäuer knarrte und ächzte. Kaum etwas stachelte die Fantasie mehr an als nachts im eigenen Haus im Bett zu liegen und Geräusche zu hören, die man sich nicht erklären konnte. Wohl jeder Mensch kannte dieses zutiefst beunruhigende Gefühl.

Simon warf sich aufs Bett und starrte zur Decke. Wieder war eine Nacht angebrochen, wieder bot sich eine Chance, Kitty zu sehen. Würde sie sich diesmal zeigen? Ihm war, als sei er plötzlich durch die Zeit gefallen, als sei die Welt der Toten für ihn so greifbar wie die Welt der Lebenden. Er hatte das Gefühl, dass er die Antwort auf viele Fragen wusste, dass er alle Teile des Bildes zusammengefügt hatte, aber zu nahe davorstand, um es im Ganzen erkennen zu können.

Mit geschlossenen Augen lauschte er dem Schlagen der Turmuhr. Er hörte durch die dünnen Wände das Fernsehgerät der alten Dame. Wenig später telefonierte sie. Simon schnellte im Bett hoch. „Sie hat vielleicht die Vermisstenmeldung gesehen und die Polizei benachrichtigt." Die Gedanken schossen wild durch seinen Kopf. Sie wirbelten durcheinander, ohne dass er sie kontrollieren konnte. Wen sonst sollte sie so knapp nach Mitternacht noch anrufen? „Sie dürfen mich nicht finden, bevor ich nicht wenigstens Kittys Grab gesehen habe. Ich muss weg!"

Er raffte seine Sachen zusammen, legte einen 20-Pfund-Schein auf den Tisch, kletterte durchs Fenster und verschwand in der Nacht. Ein Hund bellte. Er wusste sofort, dass es Tigger, der Boxerrüde, war. Simon bewegte sich schnell und lautlos wie ein Schatten. Eine einsame Straßenlaterne leuchtete schwach in der Dunkelheit. Es war tatsächlich nicht weit bis zur Wegkreuzung. Dann stand er an Kittys Grab.

Die ganze Welt schien in Stille ertrunken zu sein und er hörte nur einen einzigen Laut, das dumpfe Pochen des Blutes in seinem Kopf. Nichts rührte sich, nicht einmal die Blätter auf den Bäumen, durch die mattes Mondlicht fiel. Er stand da, wie gebannt vom Zauber des Augenblicks.

Hier war ein grün bewachsener Erdhügel mit einem Stein. Alles war so, wie es Mrs Brown beschrieben hatte, verwelkte Blumen in einer Limonadenflasche, zwei Kerzen, auf dem Grabstein lagen Münzen und Kieselsteine. Neben den nahen Feldmauern wucherten rostfarbenes Farnkraut, weißes Baumwollgras und Hirschzungen.

Wieder spukten ihm die Worte der alten Dame im Kopf herum. Er sah Kitty vor sich, wie sie um Mitternacht mit bloßen Füßen in die Scheune schlich, um ihr kurzes Leben zu beenden. Was mag sie gedacht und gesehen haben in diesen Sekunden der Todesgewissheit, von denen man sagt, sie würden im Kopf das eigene Leben noch einmal im Zeitraffer vorbeiziehen lassen?

„Kitty", flüsterte er.

Nach einigen Minuten oder Stunden – er hatte jedes Gefühl für Zeit verloren – fiel ihm ein Blumenstrauß auf, der ziemlich frisch wirkte. Er steckte in einer schwarzweißen

Vase. Wo hatte er diese Blumen zuletzt gesehen? Es waren aprikosenfarbige Dahlien. Als er an diesem Morgen das Gästehaus des Klosters verlassen hatte und auf dem Weg zum Kreuzgang gewesen war ...

Plötzlich musste er an Steven denken. Wenn Steven, Kittys damaliger Freund, noch am Leben war, müsste er jetzt 85 sein, rechnete er nach. Wie der verstorbene Bruder Michael aus Buckfast. Bruder Michael?

Die ungewöhnliche Zuwendung und die starken Gefühle, die Kitty diesem greisen Mönch entgegengebracht hatte, waren ihm äußerst merkwürdig erschienen. Besonders, als sie dem Toten zärtlich über die Wangen streichelte und mit ihm in der Kapelle allein sein wollte.

Könnte es sein, dass Steven seine Spuren in Dartmoor verwischen wollte und die Kaufmannslehre in London als Vorwand genommen hatte, um seine Familie und seine Umgebung zu täuschen?

Mit einem Mal schien es Simon klar: Bruder Michael war Steven, also Kittys ehemaliger Freund und Vater ihres Kindes! Sie wollte in jener Nacht von ihrem einstigen Geliebten Abschied nehmen. Sie hatte auf dieser Erde noch eine letzte Aufgabe zu erfüllen. Kitty war von ihm überrascht worden, als sie sich auf dem Weg zu dem Toten befand.

Somit gab es auch eine Erklärung für die Blumen, die sich immer wieder auf dem Grab befunden haben. Bruder

Michael hatte sich im Schutze der Dunkelheit heimlich aus dem Kloster gestohlen und das Grab besucht. Wahrscheinlich hatte er den mittelalterlichen Fluchtweg der Mönche benutzt. Diese Dahlien steckten in der gleichen schwarz-weißen Vase, die auch in seinem Gästezimmer stand.

Doch wie hätte es dem alten Mann möglich sein sollen, die weite Strecke von der Abtei nach Manaton zurückzulegen? Es musste einen Mitwisser im Kloster gegeben haben, der für ihn die Blumen zu Kittys Grab gebracht hatte. Wer war dieser geheimnisvolle Bote?

Nach Kittys Selbstmord und seiner Trennung vom Elternhaus wollte Steven nach rastlosen Wanderjahren fortan bei den Mönchen leben. Die Gemeinschaft von Buckfast Abbey sprach sich in geheimer Abstimmung dafür aus, Steven Johnson zum Noviziat zuzulassen. Zu Beginn dieser harten Probezeit, die sich auf vier Jahre erstreckte, nahm Steven den Namen Michael an – nach dem Erzengel Michael, dem Widersacher des Teufels.

Er war damals noch nicht auf Lebenszeit gebunden – ein Novize konnte wieder ins weltliche Leben zurückkehren. Doch wenn Michael auch noch nicht Vollmitglied der Klosterfamilie war, so hatte er doch schon sein Habit, die Ordenstracht der Buckfast-Mönche, bekommen. Er hatte seinen Platz an der Tafel, sang bei den Gottesdiensten mit und tat seine Arbeit. Dann kam der Tag des endgültigen Gelübdes. Vor der Gemeinde gelobte er „klösterlichen Lebenswandel" und „Gehorsam gegenüber dem Abt".

Jagende Wolken verdeckten die bleiche Scheibe des Mondes hin und wieder, Licht und Dunkelheit wechselten einander ab. Die Sterne leuchteten kalt und hell.

„Kitty, gib mir ein Zeichen. Ich weiß, dass du da bist. Ein winziges Zeichen. Ich bin hier." Angestrengt horchte Simon in die Dunkelheit.

„Kitty?"

Ein plötzliches Rascheln im angrenzenden Feld schreckte ihn auf. Jemand stürmte hinter den Büschen hervor, wollte sich mit einem Fluch auf ihn stürzen. Simon lief davon, doch der Mann holte ihn ein und hielt ihn fest. Er packte ihn an der Schulter und riss ihn fast zu Boden. Dann leuchtete er ihm mit dem Display seines Handys ins Gesicht.

„Du bist Simon Gerard. Teufel, wo treibst du dich herum?"

Der Mann trug eine Uniform. Es war ein Park-Ranger. Er drückte eine Taste seines Telefons, ließ ihn aber dabei nicht los.

„Ich hab ihn. Der Junge ist in Manaton, an der Wegkreuzung, bei Jay's Grave. Fast wäre er wieder entwischt."

Simon wand sich unter seinem Griff. Als er die breiten
Schultern und kräftigen Arme seines Widersachers sah,
hielt er es für ratsam, sich in sein Schicksal zu ergeben und
keinen Widerstand zu leisten.

„Ja, er ist wohlauf, keine sichtbaren Spuren von Verletzungen. Unglaublich, dass uns dieser Bursche so lange
durch die Lappen gehen konnte."

„Sie können mich loslassen", meinte Simon kleinlaut. „Ich
werde nicht ausreißen. Ich bin froh, dass es vorbei ist. Ich
habe schon fast alle Antworten auf meine Fragen gefunden."

„Antworten? Ausgerechnet hier, an Jay's Grave? Dann
bist du ja noch verrückter, als ich dachte. Beinahe 100
Leute suchen seit zwei Tagen nach dir und du Pfadfinder-
heini spielst mit uns Verstecken. Dein Häuptling wird sich
mit dir ernsthaft unterhalten. Du kannst dich auf einiges
gefasst machen."

„Haben Sie den Tipp von Mrs Mary Brown bekommen?"

„Kann dir doch egal sein, Blödmann, wer uns informiert
hat", entgegnete er ungehalten. Doch wenig später, als er
sah, dass sich seine Beute demütig unterwarf, wurde er
zugänglicher:

„Seit gestern sind etwa 50 Hinweise bei der Polizei
eingegangen. Es war aber nur einer brauchbar. Der Tipp

mit Jay's Grave kam von einem Klostermann aus Buckfast Abbey. Meine Kollegen und ich haben abwechselnd einen Blick auf diese Grabstelle geworfen und gewartet, bis du irgendwann hier auftauchst. Hat aber lange gedauert."

Der Tipp kam aus dem Kloster? Doch wie sollte es den Mönchen möglich gewesen sein, mit der Polizei Kontakt aufzunehmen?

„Der Pförtner dieses Klosters hat einen Brief des Abts für dich in der Jugendherberge hinterlegt. Wir waren natürlich total erleichtert, als klar war, dass du die erste Nacht in diesem Kloster verbracht hast. Der Mann hat am folgenden Tag einen schwerkranken Mönch ins Krankenhaus von Ashburton gebracht. Er hatte große Angst, dass dir etwas zugestoßen sein könnte, weil du am Morgen nicht zu deiner Gruppe zurückgekehrt bist. Genauso wie deine Mutter, die sofort nach Ashburton gekommen ist."

Es dauerte eine Weile, bis Simon diese Neuigkeiten verarbeiten konnte. Dieser Mann hielt ihn für verrückt, hatte aber wahrscheinlich keine Ahnung vom Schicksal dieses Mädchens, an dessen Grab er stand.

„Was wissen Sie über Kitty Jay?"

„Ach, irgendein Mädchen aus der Gegend. Ist lange her. Außerdem weiß niemand so genau, was an der Geschichte wahr und was erfunden ist."

Simon wollte antworten, doch plötzlich blendeten ihn die Scheinwerfer eines Polizeiwagens. Das Fahrzeug kam rasch näher, hielt wenige Meter vor dem Grab. Er blinzelte in das Geflacker des Blaulichts und hörte das Knistern von Funkverkehr. Der Officer würdigte ihn keines Blickes, salutierte zackig und meinte zum Ranger: „Well done, Sir!"

Der Ranger grinste und nahm mit Simon im Fond des Fahrzeugs Platz. Der Streifenwagen brachte ihn fort. Er saß stumm in diesem Fahrzeug und sah in eine Welt, der er in Zukunft mit mehr Offenheit begegnen wollte. Simon wusste, dass er irgendwann zurückkehren würde. Zu Mrs Brown, zu Kittys Grab, zu den Geschwistern Sarah und Charles und vielleicht auch zum Kloster Buckfast.

„Einige jüngere Kollegen wussten nicht einmal, dass es dieses Grab in Manaton gibt", meinte der Polizist.

Der Ranger seufzte, Simon schwieg. Die voll aufgeblendeten Scheinwerfer zerpflügten die friedliche Nacht.

Der Roman stützt sich auf verschiedene Quellen (Archive, Heimat-
bücher, Chroniken) und auf umfangreiche Recherchen in England.
Das authentische Schicksal von Kitty Jay wurde in die erste Hälfte
des 20. Jahrhunderts verlegt. Zu dieser Zeit haben sich Glaubens-
strenge und Auffassungen von Moral – besonders im ländlichen
Raum – nicht wesentlich von denen früherer Jahrhunderte
unterschieden.

E-Mail: robertklement@aon.at
Alle Mails zu diesem Buch werden vom Autor beantwortet.

Robert Klement
Die Ruine des Schreckens
ISBN 978-3-7074-1104-1

Wie von unsichtbaren Fäden fühlt sich David von der Schönheit
Lady Enyas angezogen. Doch die Dame ist tot.
Nur ein Bild und ein Foto existieren von ihr.
Die Spuren führen David zur Ruine von Stanbury Castle,
hinein in die anbrechende Dunkelheit ...

 Ein Krimi, der über Abgründe führt!